Über die Autorin:
Tanja Binder (Jahrgang 1969) schreibt vor allem Kurzgeschichten. 2014 hat sie mit „Meine Toten" ihren ersten Roman herausgebracht, der von Alexander Horn illustriert wurde. Binder arbeitet als Pressereferentin in einem Kunstmuseum.
http://tanjabinder.jimdo.com

Über die Illustratorin:
Nicole El Salamoni (Jahrgang 1970) lebt und arbeitet als Illustratorin in Mannheim. Nach ihrem Kommunikationsdesign-Studium arbeitete sie jahrelang als Grafikerin, bis sie sich ganz ihrer Leidenschaft widmete und die Illustration zu ihrem Beruf machte. Sie illustriert sowohl für Verlage als auch für die Werbung und öffentliche Einrichtungen.
www.hellonikki.de

Tanja Binder

„Kleines Glück"
und andere Geschichten

Mit Illustrationen von Nicole El Salamoni

Bibliografische Information der Deutschen Nationalbibliothek:
Die Deutsche Nationalbibliothek verzeichnet diese Publikation in der Deutschen
Nationalbibliografie; detaillierte bibliografische Daten sind im Internet über
www.dnb.de abrufbar.

© 2016 Tanja Binder

Lektorat: Textlabor Sust, Angelika Sust, Berlin;
www.textlabor-sust.de

Illustrationen und Gestaltung: Nicole El Salamoni
www.hellonikki.de

© 2016
Herstellung und Verlag: BoD – Books on Demand, Norderstedt.
ISBN: 9783741274800

Inhaltsverzeichnis

Kleines Glück   Seite 7

Himmelsstürmer   Seite 17

Im Verborgenen   Seite 25

Am Hauptbahnhof   Seite 35

Gegenüber, die Lichter   Seite 47

Die Verwandlung   Seite 53

Nakira lacht   Seite 61

Brief einer Abschiedsnehmerin   Seite 71

Das Leben der Rose   Seite 79

Volltreffer   Seite 87

Kleines
GLÜCK

„Los, komm schon!" Michael zerrte Andreas am Ärmel seiner Jeansjacke weiter. Gehetzt blickte er zurück, Richtung Schultor.

„Könntet jetzt endlich mal die Mücke machen, ihr blöden Bullen", presste Michael zwischen den Zähnen hervor.

„Das heißt Fliege", korrigierte ihn Andreas.

Worauf Michael ihn losließ, um zu einer Ohrfeige auszuholen. „Du kleiner Klugscheißer, dir geb' ich ..." Andreas duckte sich ängstlich. Die Hand blieb als Andeutung in der Luft stehen.

„Weiter, los, los, kommt schon, ihr lahmen Eier!", rief Markus ihnen vom anderen Ende des Ganges zu.

„Du meinst Enten", hakte Andreas ein. Er hielt sich die Ohren zu, als Markus die Tür vor ihnen aufstieß. „Notausgang" leuchtete es grün darüber. Eigentlich war Andreas virtuos darin, kommende Ereignisse vorherzusehen. Diesmal nicht. Das Warnsignal blieb aus.

Die Jungs rannten weiter nach draußen, quer über den hinteren Schulhof und zwängten sich zwischen den Büschen hindurch. Markus machte Räuberleiter, Michael sprang in seine Hand und glitt elegant über den Drahtzaun. Andreas hatte Mühe, es ihm nachzumachen. Er war jünger und kleiner als seine beiden Brüder, aber kräftig, sah jetzt schon – mit gerade mal acht Jahren – aus wie ein kleiner Schrank.

Vor der Schule stiegen die Polizisten in ihren Streifenwagen ein.

„Unseren Escort-Service haben wir abgehängt", kicherte Michael.

„Denen haben wir es mal wieder gezeigt", grinste Markus.

Andreas drehte sich weg. Die beiden Älteren schauten ihn erwartungsvoll an, doch er tat, als reinige er seine Hosentasche.

„Da verpasste nix", versuchte Michael ihn aufzumuntern.

„Hmmmm."

Dass er eigentlich gerne in die Schule gehen würde – wenn seine Brüder ihn nur ließen – konnte er ihnen nicht sagen. Die Diskussionen kannte er.

Was hatte er nicht alles versucht, um die beiden zu überreden, ihn in der Schule zurückzulassen? Er war humpelnd hinter ihnen her gewackelt – „Bänderzerrung". Er hatte gehustet – „Asthma, kann nicht schneller". Hatte sich müde gestellt – „lasst mal, ich schlaf hier im Unterricht 'ne Runde", ja, sogar sein Interesse bekundet: „Heute nehmen wir die Entstehung des Weltalls durch!" Nichts hatte je etwas genutzt. Michael und Markus waren unerbittlich. Ein Liebknecht ging nicht zur Schule: Das war unter seiner Würde.

„Was machen wir jetzt?", maulte Andreas. „Mir ist furchtbar langweilig."

„Schauen mal im Jagdstübel vorbei", ordnete Markus an. Er war fünfzehn, sah wegen seiner Größe und beeindruckenden Leibesfülle aber aus wie siebzehn, ja sogar achtzehn. Vor allem seit ihm ein Bart wuchs.

Andreas jammerte weiter. Er hasste diese Kaschemme. Miese Luft, nur Erwachsene, nichts zum Spielen weit und breit.

„Dann zieh Leine!", herrschte Michael ihn an.

Na, super! Das liebte er. Für die Schule war es jetzt zu spät.

Oder wie sollte er Frau Vogel erklären, dass er erst eineinhalb Stunden nach Unterrichtsbeginn dort aufschlug? Blieb also nur, nach Hause zu gehen.

Auf dem Heimweg schaute er auf dem Spielplatz am Neckar vorbei. Er warf sich auf die längste Schaukel und flog hin und her, zum Fluss und zurück.

Unten im Hausgang stapelten sich kniehoch die Anzeigenblätter. Das kümmerte hier keinen. Sie wurden zur Seite geschoben und, wenn es zu viele wurden, draußen auf den Gehweg gekippt. Es roch nach altem Zigarettenrauch und abgestandenem Bier. Unzählige Essensgerüche – Pizza, Dosensuppe, Ravioli, Kebab? – hatten sich zu einem nicht mehr unterscheidbaren Gemisch ineinander verwoben.

„Hallo!", rief er an der Tür und stieß beim Ausziehen der Jacke ein paar der leeren Flaschen um, die den Wohnungsflur bevölkerten wie eine stille Armee gläserner Begleiter.

„Wer ist da?" Das Klirren hatte sie aufgeschreckt und nun stand seine Mutter in der Tür. Vielmehr, sie lehnte am Türrahmen. Sie trug den Schlafanzug, in den sie vor ein paar Tagen geschlüpft war. „Ach, du bist es. Schule schon aus?", murmelte sie, während sie schlurfend den Rückweg ins Wohnzimmer antrat, wo der quäkende Fernseher auf sie wartete.

„Ja, Mama", sagte Andreas.

Sie setzte sich und drehte sich eine Zigarette. Auf der Couch neben ihr lagen die Zeitungen der letzten Tage, Tabakkrümel, eine aufgerissene Chipstüte und eine Flasche Bier. Sie war versunken in ihr Fernsehprogramm, als Andreas sich wieder aufmachte.

„Wohin willste?" rief sie, doch er war schon, mit der Jacke in der Hand, die Treppe hinunter, Richtung Jagdstübel. Dann also doch.

Auf der Mittelstraße sah es fast so aus wie bei ihnen im

Haus: ein angebissener Döner links, Erbrochenes rechts, überall Papierfetzen, Dosen und bunte Plastikreste. Andreas hatte eine Vision davon, wie es wäre, hier als Müllmann zu arbeiten. Eine Fahrt entlang der „Müllstraße" – wie die Einheimischen sie in inniger Hassliebe getauft hatten – quer durch die Neckarstadt-West, das musste eine Wonne sein! Mit Vorher-Nachher-Bildern im „Magazin für Abfallwirtschaft", das er kürzlich in ihrem Briefkasten vorgefunden hatte.

Grinsend bog er um die Ecke, vorbei an der zugemauerten Lupinenstraße. Vorsichtig schlich er um die hier geparkten Motorräder. Seit er einmal beobachtet hatte, wie die Fahrer einen Jungen in die Mangel genommen hatten, der nur den Finger über den verheißungsvoll glänzenden Lack hatte gleiten lassen, machte er einen mehr als weiten Bogen darum.

Vor dem Jagdstübel stand Markus. Er steckte ein Päckchen in seine Hosentasche und nickte einem fetten Mann in schwarzer Lederkleidung zu. Der nahm Kurs auf Andreas, dem Schweiß auf die Stirn trat, als der Dickwanst ihn passierte.

„Glotz nicht so", blaffte Markus den schwitzenden Andreas an. „Wir brauchen das Geld." Und weg war er.

Michael trat durch die Tür des Jagdstübel, zog Andreas mit sich hinein und schob ihn in die Küche, neben Rainer. Er war der Wirt vom Stübel, Barkeeper und Koch in einem. Andreas wurde zum Spülen verdonnert. Die Spülmaschine war vor Wochen ausgefallen, angeblich kam der Heini vom Reparaturdienst nicht. Andreas aber hatte den Verdacht, dass Rainer derzeit knapp bei Kasse war.

Spülen konnte Andreas richtig gut. Einweichen war das A und O. Und der nicht zu knappe Gebrauch von Spülmittel. Im Supermarkt hatte er einen Kratzschwamm mitgehen lassen, der tatsächlich hielt, was die Werbung versprach.

Nach dem Abwasch ließ Rainer sich nicht lumpen und spendierte ihm einen Schokoriegel. Ein Mittagessen ganz nach Andreas' Geschmack.

Blinkend und laut piepend heischten die Spielautomaten in einer Nische um Aufmerksamkeit, in hartem Wettstreit mit dem Nonstop laufenden Fernsehgerät über dem Tresen.

Irgendwann holte Markus sie ab. „Wir müssen noch einkaufen." Nur das Nötigste: Bier, Chips, Kekse, Klopapier. Manchmal bestand Michael auf Seife oder Deo. Das mussten sie meistens klauen, weil die Finanzen das nicht mehr hergaben.

Sie waren ein eingespieltes Team. Einer lenkte den Verkäufer ab. „Haben Sie auch eine größere Flasche Duschgel?" Einer beschäftigte die Kassiererin. „Könnten Sie mir das Wechselgeld klein geben? Ich muss an den Automaten ..."
Und der Dritte holte all jene Dinge, die nicht auf das Fließband sollten.

Heute hatten sie sich den kürzlich eröffneten Supermarkt am Neumarkt ausgesucht. „Mal 'was Anderes", hatte Markus gesagt. Und das war es dann auch.

Sie schwärmten aus. Anfangs war alles wie immer. Doch gerade als Michael den Einkaufswagen zurückschieben wollte, schrie Markus auf. Ein Mann im Anzug schnellte von hinten aus einer Tür heraus auf ihn zu und nahm ihn in den Schwitzkasten. Michael und Andreas ließen den Wagen stehen und rannten Richtung Eingang, wo Markus vor dem Gemüsestand im Griff des Fängers auf und nieder hüpfte wie angestochen. Vor der Tür hielt ein Streifenwagen mit Blaulicht. Wo kam der jetzt so schnell her?

Das war der Tag, an dem sich alles änderte.

Markus und Michael kamen nicht mit heim. Andreas wurde vom bewährten Escort-Service alleine zurück zur Mutter gebracht. Die Beamten rümpften die Nasen, als sie das

Haus betraten, und nochmals beim Anblick der organisch wuchernden Altglassammlung. Die Mutter saß vor dem Fernseher und war guter Dinge. Und so ließen die Polizisten Andreas in ihrer Obhut zurück.

Er schob Pizzareste und Bierflaschen zur Seite und setzte sich neben sie. Sie legte den Arm um ihn. Sie stank, aber das Flanell ihrer Ärmel war weich und warm. Andreas kuschelte sich an sie und schaute mit ihr zusammen ihre liebste Nachmittagsserie.

Mit einer Rolle gelber Säcke ging er schließlich in sein Zimmer, das bis vorhin noch das Zimmer von Markus, Michael und ihm gewesen war. Er krempelte die Ärmel hoch und fing an. Am Abend zerrte er neun vollgestopfte Säcke auf den Bordstein vors Haus.

In den dunkelblauen Rucksack, den er hinten im Schrank gefunden hatte, packte er Stifte, die er in der ganzen Wohnung zusammenklaubte.

„Geh mir aus der Sicht!", keifte die Mutter.

Im Wohnzimmerregal fand er einen Schreibblock, der fast wie neu aussah und nur von einem Kaffeefleck auf dem Deckblatt ein wenig verunstaltet war.

Nachts konnte er nicht schlafen. Am Morgen würde er sich einen Wunsch erfüllen.

Punkt acht, als die Schulglocke das zweite Mal klingelte, saß er längst in der ersten Bankreihe. Erwartungsvoll blickte er zur Tür, durch die gleich Frau Vogel eintreten würde.

Gleich.

Himmels-
stürmer

Herrgott, ich kann kaum meine Füße heben, sie hängen wie Blei an meinen Beinen, überhaupt alles fühlt sich unglaublich schwer an, zentnerschwer, geradeso als wolle sich mein Körper wehren, sich schwermachen, damit ich ihn nicht wegbewegen kann, nicht durch den Zoll, aber ohne Körper geht das hier nun mal nicht, noch nicht, noch brauche ich ihn

Die Tasche gleitet mir aus meinen Händen, glitschig, schweißig, rutschig sind sie, Vorsicht, sie gleitet mir aus den Händen aufs Laufband, wird durchleuchtet, mein Gott, ist mir heiß, ist es wirklich so verdammt heiß

Auf dem Monitor ist ein Zylinder sichtbar, ganz deutlich, der Zollbeamte findet nichts Ungewöhnliches, vielleicht hat er ihn nicht gesehen, jedenfalls passiert meine Tasche die Hürde, die anderen Dinge, die essentiellen Zutaten trage ich am Körper, ich schwitze wie ein Schwein

Mir ist schlecht, was mache ich, wenn ich mich übergeben muss, es würgt mich, ich muss es unterdrücken, hinunterschlucken, denk an etwas Anderes, an die Sache, ja, genau, denk an die Sache, die Sache ist wichtiger als ein bisschen Übelkeit, könnte beten, das hilft vielleicht, das hilft sicher

Wie hatte ich das vergessen können, diese, ja, Unzulänglichkeit von mir, hatte mir das ganz anders vorgestellt, dachte ich binde mir einen Gürtel um und fahre mit dem Bus oder dem Auto an den besagten Ort, an die Möglichkeit eines Flugzeugs habe ich überhaupt nicht gedacht, warum nicht, ist schließlich eine effektive Methode und ich hab nicht daran gedacht und jetzt stehe ich hier, werde durchleuchtet, aber dann muss ich hinein, hinein ins Flugzeug, eine Welle von Übelkeit bäumt sich in mir auf, ich bekomme Gänsehaut, auf meinem T-Shirt bilden sich unappetitliche Flecken, mein Deo hat versagt, muss mir im Duty-Free-Shop unbedingt ein neues kaufen

Ich sehe den Flughafenangestellten vor mir, er bewegt seine Lippen, aber ich höre nicht, was er sagt, er wiederholt es und winkt mich mit der rechten Hand durch, ich kann gehen, ich habe es geschafft, ich habe es geschafft, ich bin durch, ich kann es kaum glauben, könnte vor Freude in die Luft springen

Es würgt mich, scheiße, ich hab' es geschafft, ich bin durch, ich muss ins Flugzeug, Herr im Himmel, ich flehe Dich an, steh mir bei

Reiß dich zusammen, verdammt, 35 Jahre und Angst vor so einer dämlichen Metallbüchse, eine Hauptgefahr heute stelle ich selbst dar, davor brauche ich schon einmal keine Angst zu haben, bald war es sowieso vorbei, nur eine Minute, oder zwei, also, was soll das Gewimmer, habe schließlich nichts zu verlieren, keine Familie, keinen Job, keine Heimat

Heimat, die habe ich vor Jahren, vor fünfzehn Jahren, verlassen, war zwanzig und wollte studieren in Deutschland und saß zum ersten Mal in einem Flugzeug und wusste nicht, was das war, das mich in den Sitz presste und in Panik versetzte

Mir ist schwindelig, gehe auf dem Weg zum Gate auf die Toilette, muss mich übergeben, kommt nur Galle, hab nichts gegessen, warum auch, ich schmiere mir von dem neuen Deo unter die Achseln, habe mir ein neues Shirt gekauft, ziehe ich an, will nicht alle vollstinken

Jemand nimmt mir das Ticket aus der Hand und schiebt mich in eine Röhre, in den Bauch des Fliegers, mein Herz rast und wummert, als wolle es mir von innen gegen die Haut schlagen, die anderen Passagiere merken nichts, haben es eilig, als gäbe es keine nummerierten Sitzplätze, fehlen nur noch die Handtücher in ihren Händen, aber hey, vielleicht freuen sie sich nur auf Sonne, Strand, Meer, Sangria

Wenn die wüssten, diese Kapitalisten, können sich einen solchen Urlaub doch nur leisten, weil sie auf Kosten der armen Länder leben, es sich gut gehen lassen, während an andern Orten Kinder bei der Arbeit Giftstoffe einatmen, um für uns hier noch billigere Kleider herzustellen

Aber die Anderen nehmen mich gar nicht wahr, noch nicht, wenn die wüssten, es würde ihnen ja niemand mehr erzählen können, keine Fotos von mir zeigen, keine letzten Worte verlesen, es gibt aber auch keinen Brief, nur Fotografien, ausgewählte, hab' ich in meiner Wohnung ausgelegt, die anderen verbrannt, wollte noch eine Erklärung abgeben, habe es aber einfach nicht mehr geschafft, konnte den Brief nicht beenden, muss Taten sprechen lassen

Meine Eltern werden stolz sein auf mich, ja, das werden sie, bin mir sicher, werden ihre Meinung über mich ändern, mich als ihren Sohn anerkennen, ihren Sohn, den Märtyrer, und verzeihen, dass ich weggegangen bin und diese Deutsche geheiratet habe, welche Schande, welche Schmerzen, aber ich war jung gewesen, jetzt sehe ich die Dinge anders, ich revidiere meine Meinung, man kann doch seine Meinung ändern, nicht wahr, das ist mein Recht

Ich schicke ein Stoßgebet gen Himmel, eine Frau zeigt mir einen Platz, ist wohl meiner, keine Ahnung warum, aber ich höre nichts mehr, die Menschen bewegen ihre Lippen, doch ich kann nicht hören, was sie sagen, verstehe sie trotzdem, also schiebe ich meine Tasche, die brauche ich nachher noch, in die Gepäckablage und setze mich

Verdammt, hab einen Fensterplatz, direkt an der Tragfläche, meine Arme und Beine stemmen sich gegen die Sitzlehnen und den Boden, mein Körper will weg, ich zwinge ihn auf den Sitz, meine Atmung wird flacher, bekomme keine Luft mehr, schnell, schnell, eine Tüte, da ist eine, hinein atmen, ruhig werden, ganz ruhig

Ich starre hinaus auf die Tragfläche, auf die zwei Triebwerke, mein Magen krampft sich zusammen, ich darf nicht aufs Klo, meine Finger krallen sich ins Polster, Knöchel treten weiß hervor, in meinem Bauch rumort es, ich wende den Blick nicht ab, ich schaue raus, das Flugzeug rollt, ich kann an nichts Anderes mehr denken, als an einen möglichen Absturz, Sturzflug, Kollision, Unfall, Katastrophe und wie unsinnig dieser Gedanke gerade in meiner Situation ist, wie absolut grotesk

Das Flugzeug hebt ab, es fährt mir in die Gedärme, an Aufstehen ist nicht zu denken, was wenn eines der Triebwerke ausfällt, ich versuche an den Himmel zu denken und an seine Verheißungen, alles nutzt nichts, ich kann nur auf die Tragfläche starren, mein Herz rast, als würde ich Hochleistungssport treiben und dazu all der Schweiß, der seltsam riecht, anders als sonst, mir wird wieder schlecht, allein die Armlehnen geben mir Halt, die lasse ich nicht los, an Aufstehen ist nicht zu denken, wie soll ich zur Toilette kommen, mit Handgepäck

Meine Nachbarin tätschelt mich auf die Schulter, sagt sie auch etwas, ich weiß nicht, vielleicht versucht sie mich zu beruhigen, das hatte meine Freundin damals auch versucht, vergeblich, alles Säuseln, auf mich Einsprechen, es nutzte nichts gegen diese Panik, diese allumfassende Panik, die sich in mir breitmacht und einzieht in meinen Kopf und Körper und die Kontrolle übernimmt, einfach so, als wäre ich ferngesteuert

Meine Gliedmaßen fühlen sich gelähmt an, kann mich nicht bewegen, den Kopf nicht drehen, die Finger nicht lösen, wenn nur diese Scheißangst nicht wäre, ist so unglaublich hoch hier, in Gedanken gehe ich die Schritte durch, den Behälter aus der Tasche pellen, den Plastiksprengstoff aus meiner Unterhose reißen, den Zünder aus der Armbanduhr pulen, Zündschnur rein, fertig, klingt machbar, das ist machbar, los, mach jetzt, versuch es, ich treibe mich innerlich an, aber bewege mich keinen Millimeter, nicht die Augen, nicht den Kopf, nicht die Finger, nichts an mir bewegt sich, es scheint, als habe sich mein Körper von meinem Hirn abgekoppelt, losgesagt, sollte ich das der Organisation als Erklärung für mein Versagen auftischen, ich wage kaum, daran zu denken, eine Hitzewelle überrollt mich

Aus einem Triebwerk steigt Rauch auf, ich stoße einen spitzen Schrei aus, mehr geht nicht, aber damit mache ich meine Sitznachbarin auf den Ausfall aufmerksam, um uns herum ein großer Tumult, ich muss furzen, wie peinlich, kann nicht weg, Gänsehaut überzieht meinen Körper, das war es, aus, vorbei, da bin ich sicher, ausgeliefert, machtlos, schutzlos, jetzt hilft nur noch beten, Herr im Himmel, erbarme dich unser

Kurz kreuzt der Gedanke meinen Kopf, wenn wir abstürzten müsste ich wenigstens keine Angst vor einer Bestrafung durch die Organisation haben, fühle mich ohnmächtig, diesem unsichtbaren Medium ausgeliefert

Ich bete um mein Leben, um unser aller Leben, um mehr Gerechtigkeit für alle und schwöre Besserung, ich will ein besserer Mensch werden

Kann man mit Gott handeln, wenn ich überlebe, werde ich der Organisation abschwören, das wirklich Paradoxe ist, dass ich jetzt vor allem eines will: leben, dabei war mir gerade das Leben lästig geworden, ich wollte es loshaben, und jetzt kralle ich mich daran fest wie an dem fettigen Polsterstoff der Lehnen meines Sitzes

Es hämmert in meinem Kopf, gleich wird er zerspringen, zerschellen wie wir alle mitsamt dem Flugzeugrumpf auf den steinigen Steilküsten unter uns

Frage mich, ob der Zweck wirklich die Mittel heiligt

Ein Ruck geht durch die Maschine, es ist soweit, ich suche die richtigen Worte für ein Abschiedsgebet, aber etwas stimmt nicht, aus den Augenwinkeln sehe ich, dass alle klatschen, die Hände in die Höhe reißen und jubeln, sie jubeln, warum jubeln alle, war hier ein Haufen Todessehnsüchtiger an Bord

Jetzt sehe ich es, hinter der Tragfläche erscheint ein Flughafengebäude unter Palmen, wir rollen auf einer Landebahn, wir sind gelandet, wir sind alle am Leben und sind auf der Insel gelandet, ich kann es kaum glauben, danke, Herr, danke, deine Gnade kennt keine Grenzen, danke

Leben, sicher lässt es sich hier in der Sonne ganz gut leben, ein bisschen Geld hatte ich mit, das würde aber nur für den Anfang reichen, wenn mich nicht die Polizei schnappen würde, na ja, das wäre sicher das kleinere Problem, kaum vergleichbar mit dem, das ich mit der Organisation bekäme, wie ich denen entkommen sollte, wusste ich nicht, vielleicht würde ich es auch nicht schaffen, aber ich würde es versuchen, das Leben hier könnte das Paradies auf Erden werden

Scheiß auf die himmlischen Jungfrauen.

Im
Verborgenen

Da lag sie nun. Neben Alfred, dem einzigen Freund, der ihr noch geblieben war. Unablässig fuhren ihre Finger über seine Haut, seine Ohren, die Nase.

Seit wann lag sie hier? Waren es zwei Tage oder drei Wochen? Laufen konnte sie nicht mehr. Kam nicht einmal raus aus diesem Bett, diesem scheißunbequemen Bett hier. Aber sie war am Leben. Ja, das war sie. Immerhin! Darauf war sie stolz, verdammt stolz sogar. Zweiundneunzig Jahre und am Leben.

„Ich bin eben ein zähes Luder", kicherte sie in sich hinein.

Allen hatte sie es gezeigt. Ihrer Mutter. Ihren Männern. Ihren Kindern. Hitler. Dem Krieg. Sogar dem Leben selbst, ha!

„Frau Emmrich, sie sollen die Manschette doch dran lassen!"

Sie hatte die Schwester gar nicht hereinkommen hören. Jetzt stand sie direkt neben ihr, den Zeigefinger mahnend in die Luft gebohrt.

„Der Herr Doktor hat gesagt, ich darf sie abnehmen", jammerte Erna.

„Das kann ich gar nicht glauben, Frau Emmrich", erwiderte die Schwester, betont freundlich, aber mit skeptischem Blick.

„Doch, doch! Erst gestern hat er es gesagt", spielte die Alte den Ball zurück.

Auch wenn sie wusste, dass sie damit keinen Erfolg haben würde. Sie war keine gute Schauspielerin, vor allem lag ihr die Rolle der devoten Frau nicht. Und die Schwester, nun ja, die konnte es mit ihr aufnehmen. Ein listiges Biest war die.

„Na, na, Frau Emmrich, flunkern wir da jetzt nicht ein kleines bisschen?"

Wie sie dieses „Wir" hasste! Mit dieser rundlichen, leberkäsfarbenen Pflegerin hatte sie – abgesehen von einer gewissen Hartnäckigkeit – nun wirklich nichts gemein.

Sie beschloss, die Schwester mit penetrantem Ignorieren weichzukochen.

„Der Herr Doktor hat gesagt, ich kann die Manschette abnehmen, wann immer ich will", setzte sie deshalb noch einen drauf.

Jetzt würde es ein Donnerwetter geben, das konnte sie daran erkennen, wie die strenge Stationsvorsteherin die Luft tief in den Brustkorb sog und anhielt. Doch noch bevor die Pflegerin zum Rundumschlag ausholen konnte, drängten sich zwei kleine Gestalten zwischen ihrem weißen Kittel und dem fleckigen Türrahmen durch, hinein ins Zimmer.

„Hallo!" schrie der kleine Junge laut.

„Hallo Ooooommmmaaaa!", rief das Mädchen, das sich hinter ihm den Weg bahnte.

Kinder. Woher kamen die? Was wollten sie von ihr?

Grimmig zog Erna ihren Alfred, gut versteckt unter der Bettdecke, näher an sich ran.

„Guten Tag, Omi", sagte sanft eine Männerstimme.

„Franz!"

Ihr Enkel. Mit seinen Kindern. Wie schön! Kleiner Nebeneffekt dieses seltenen Besuchs war der sofortige Rückzug der Kratzbürste in Weiß, die für diese Gelegenheit sogar erneut ein Lächeln aufsetzte.

Dafür stellten die Kinder sogleich ihr Zimmer auf den

Kopf. Der Kleine kroch unter das Bett und ließ dort „brumm brumm" ein Modellauto fahren, während das Mädel die Schublade ihres Nachtischs aufzog – „Hast Du was Süßes?" – und fast im gleichen Atemzug auf das Bett sprang und nur knapp ihr Schienbein verfehlte.

„Was machst du denn für Sachen, Omi?", fragte Franz.
Und sie erzählte: Wie sie ohnmächtig geworden und erst wieder aufgewacht war, als ihr Pudel Sissi ihr das Gesicht ableckte. Lag im Flur. Konnte sich nicht bewegen. Wahnsinnige Schmerzen im rechten Knie. Irgendwie war es ihr dennoch gelungen, das Telefon zu angeln und Hilfe zu rufen.
„Wenn meine Sissi nicht gewesen wäre ..."

Erna drückte sich ein paar Tränen hinaus und ließ eine bedeutungsvolle Pause im Raum stehen.

„Aber die Magda ist ja auch gleich gekommen", schnieft sie, gespielt um Fassung ringend.

Für ihren Enkel reichte ihr mimisches Talent. Franz setzte ein sorgenvolles „Hmm" ab.

Ihre Nachbarin Magda hatte auch einen Hund und nahm Sissi oft mit Gassi. Magda half auch beim Einkaufen aus, wenn Omi es nicht aus dem Haus schaffte.

„Das ist ja nett von ihr!", sagte Franz erleichtert.

Dass Erna ihr immer mal wieder ein paar Geldscheine zusteckte, erzählte sie ihrem Enkel lieber nicht. Stattdessen klagte sie wortreich darüber, dass sie ihren Goldschmuck nicht mehr finden könne. Dabei sollte der ihr doch als Notgroschen im Alter dienen. Sie selbst hatte schließlich nicht in die Rentenkasse eingezahlt, wohl aber ihr erster Ehemann, der als Zahnarzt nicht schlecht verdient hatte. Und hätte er sich nicht im Dachstuhl erhängt ... Was war es nur, das ihn umgetrieben hat? Was hatte er im Krieg gesehen, das ihn nicht mehr schlafen ließ? Oder waren es die Schmerzen,

welche ihm unzählige Granatsplitter in den ganzen Körper implantiert hatten und die sich mit nichts mehr vertreiben ließen, mit keiner Medizin, keiner Droge dieser Welt?

… Ja, hätte er sich nicht erhängt, dann hätte sie jetzt freilich ausgesorgt.

Immerhin hatte Alfred durchgehalten. Obwohl er an der Front gewesen war. Obwohl auch er versehrt zurückkehrte, ein Bein geopfert hatte für diesen Krieg, zurückgelassen auf einem Schachtfeld, irgendwo in Russland. Aber ja, auch Alfred war danach nicht mehr der Gleiche. Seine Lebensfreude war ihm abhandengekommen. Der Führer hatte sie einkassiert.

„Oma? Oma!"

Franz' Stimme drang von weit weg zu ihr durch. Sie setzte sich auf, strich die Daunen glatt, steckte die Ecken über Alfred fest. Er durfte nicht gesehen werden. Auch nicht von Franz. Keiner wusste, dass sie ihn hier bei sich hatte. Ihr Geld reichte kaum für ihren eigenen Heimplatz. Für zwei wäre es bei Weitem nicht genug. Und so teilte sie Bett und Essen mit ihm. Sie die Süßspeisen, er das Fleisch.

„Hörst du mich, Oma?" Wieder Franz.

Sie spürte seine Hand an ihrer Schulter. Beruhigend tätschelte sie Alfred.

„Keine Angst, keine Angst, alles ist gut", flüsterte sie, den Kopf zur Seite gedreht.

„Ja, das hoffe ich doch", erwiderte Franz. „Wo hast du deinen Schmuck denn bisher aufbewahrt?", fragte er.

„In der Schmuckschatulle natürlich, im Wohnzimmerschrank, überm Fernseher", erklärt Erna. „Da wusste doch keiner von."

Außer Magda.

Oder hatte sie das wertvolle Kästchen noch jemand anderem gegenüber erwähnt? So genau erinnerte sie sich nicht mehr. Wenn doch nur ihr Gehirn etwas zuverlässiger arbeiten würde.

Ihr Urenkel, der kleine Teufel, machte sich derweil an den Hebeln unter ihrem Bett zu schaffen. Die Kleine hatte ihre Hustenbonbons aus der Handtasche gefischt und stopfte sich munter eins nach dem anderen in den Hals.

Wenigstens war Sissi bei Magda in guten Händen. Alle anderen konnten ihr sowieso gestohlen bleiben. Die brauchten nicht zu denken, dass sie etwas von ihrem Geld abbekommen würden, diese Bagage, diese elende. Ihre Tochter nicht, die sich hier noch kein einziges Mal hat blicken lassen.

„War Wilhelm denn schon einmal zu Besuch bei dir gewesen?", fragte Franz.

Sie kniff den Mund zusammen und drehte sich zur Wand.

„Ich kenne keinen Wilhelm", presste sie zwischen den Lippen hervor.

Dieser Klugscheißer von einem Sohn, dachte, er sei besonders schlau, ein Mathegenie. Was musste er auch nachrechnen, wann Opa an der Front gewesen war und wann auf Heimatbesuch. Und stellte sie dann zur Rede. Dem war sie keine Rechenschaft schuldig. Hat ihn und seine Schwester allein durchgebracht, trotz Krieg. Hat für den Bub Milch besorgt, als ihre ausblieb. Hat dem Milchmann schöne Augen gemacht, hat sogar geklaut, wenn es sein musste. Alles hatte sie getan für ihre beiden Kinder. Undankbares Saupack.

Nur Alfred, der war immer da.

„Mein Guter, mein Guter, wenn ich dich nicht hätte", murmelte sie.

Franz lächelte gerührt – und sie ließ ihn in dem Glauben, dass sie ihn gemeint hatte.

„Geh in meine Wohnung und such den Schmuck, Franz, ja? Und schau mal nach der Sissi", bat sie.

„Abendessen!", tönte es und schon schoss die Furie in Weiß herein und pfefferte ein Tablett auf den Nachttisch.

„Blöde Kuh", knurrte Erna.

„Wenn ich heute noch zu Magda soll, müssen wir aber jetzt gehen, Oma. Kommt Kinder!"

Seine zwei Bälger kamen aus dem Badezimmer, mit tropfend nassen Pulloverärmeln. Sie drückten ihr schmatzend ihre klebrigen Münder auf die Wange und schon waren sie weg, rannten laut singend den Flur hinunter.

Endlich wieder Ruhe. Und Zeit für Alfred. Sie tastete unter der Decke nach ihm. Wo war er nur? Sie spürte weiter. Vergeblich. Er konnte doch nicht einfach verschwunden sein? Vorsichtig wagte sie einen Blick unter ihre Decke. Doch: nichts. Kein Alfred weit und breit.

„Alfred! Alfred!", schrie sie verzweifelt. „Komm zurück!"

Aber nicht Alfred, sondern die Oberschwester kam herein.

„Na, na, na, ganz ruhig Frau Emmrich, ganz ruhig", gurrte sie. Doch Erna wollte nicht ruhig sein.

„Wo ist mein Alfred?!", schrie sie aufgebracht.

„Wen meinen Sie denn? Ihren Enkelsohn? Der ist doch gerade weg", erklärte die Schwester unwirsch.

Erna heulte und schrie. Sie schlug wild um sich, auch dann noch, als zwei Pfleger sich ihr mit einer Beruhigungsspritze näherten. Es half nichts. Schlaff fiel sie in sich zusammen und schlief ein.

„Was hast du denn da, Leon?", fragte Franz seinen Sohn.

„Ach, das hab ich von Oma."

Langsam gingen sie zum Parkplatz.

„Ein Geschenk? Das ist ja lieb von ihr, zeig mal – ein Plüschkrokodil, süß."

Franz tastete nach dem Autoschlüssel.

„Wie gemein, gemein! Ich hab nichts bekommen!", kreischte Sophie und ging wütend auf ihren Bruder los und packte das Krokodil am Schwanzende. Sie zog, aber Leon hielt eisern den Kopf umschlossen.

„Aua, du tust mir weh!"

„Gib her, das ist meins!"

Franz war schon am Auto, als das Tier entzweiriss.

„Kommt jetzt, sonst fahr ich ohne euch", drohte er.

Schnell ließen die Kinder los und liefen ihrem Vater nach; das Plüschtier glitt in eine Pfütze. Aus seinem Bauch quoll wie wundes Fleisch sein Innenleben. Es dämmerte. Inmitten des weißen Polyesterfutters glitzerte es golden und silbern. Die Sonne würde bald untergehen.

 Am Haupt bahnhof

„Haste mal 'n Euro!" bellte sie ihn an.

Ihre blauen Augen blitzten provozierend unter ein paar fettigen, pinkfarbenen Haarsträhnen hervor. In Gedanken war er schon im Bahnhof gewesen, jetzt verlangsamte er seinen zielstrebigen Schritt. Das war kein Betteln. Das war nicht einmal eine Frage. Und ja, sicher hatte er einen Euro. Sogar einige mehr als einen. Und natürlich könnte er ihr einen davon abgegeben, würde das Geld in keiner Weise vermissen.

Ein Blick auf die Uhr, er hatte noch Zeit.

Umständlich kramte er aus seiner Anzuginnentasche die Geldbörse heraus.

„Ich nehme auch zwei", zischte das Mädchen frech, als hätte sie bemerkt, dass er tatsächlich kein Ein-Euro-Stück hatte.

„Wie war das mit dem kleinen Finger und der ganzen Hand?", fragte er zwar noch, doch hatte ihn die kleine Punkerin – weiß Gott, wie – längst eingewickelt.

Gierig schnappte sie die Münze und schlurfte weiter, die Sohlen über den Asphalt ziehend, als wäre das Gehen eine unglaubliche Anstrengung, eine unzumutbare Frechheit des Lebens ihr gegenüber. Auf den zweiten Blick sahen die Springerstiefel wirklich schwer aus, waren sicher ein bis zwei Nummern zu groß und zogen ihre dünnen, jeansbeschlauchten Beine geradezu in die Länge, bis auf den Boden nach unten.

Endlich riss Siegfried Mühlbeck sich los. Sein Blick fiel auf die Bahnhofsuhr.

„Scheiße", presste er zischend zwischen seinen schmalen Lippen hervor, während er die Laptop-Tasche unter seine Achsel klemmte und losrannte, zu Gleis eins.

Fast brachte er zwei grauhaarige Damen zu Fall, die sich eingehängt hatten und langsam vorarbeiteten, Schritt für Schritt durch eingetrocknete Bierlachen und aufgeschwemmte Zigarettenstummel, ebenfalls Richtung Bahnhofseingang. Aus Versehen – „Tschuldigung!" – streifte er die Eine am Ärmel, doch die Beiden brachte nichts aus der Ruhe. Auch eine plötzlich herannahende Polizeisirene nicht. Selbst dann nicht, als der Streifenwagen so dicht an ihnen vorbeijagte, dass der Heulton in den Ohren schmerzen musste. Vielleicht hatten die tattrigen Alten schlau ihre Hörgeräte leiser gedreht?

Yvonne zuckte zusammen, beim ersten Aufheulen gleich, und drehte sich rasch weg, stellte die Kapuze ihres Parkas auf und zog ihren Kopf zwischen die Schultern. Betont gelangweilt schien sie nun, schlenderte weiter zur Imbissbude an der Ecke. Gegrilltes Hähnchen hieß hier Broiler und kostete drei fünfzig.

„Was krieg ich für zwei Euro?" fragte sie herausfordernd den Mann mit der Schürze und versuchte, sich ihren unbändigen Hunger nicht anmerken zu lassen. Gestern hatte sie sich nur mit geschnorrten Kaugummis und Zigaretten bei Stange gehalten.

„Hier haste." Er schob ihr ein halbes Huhn mit Pommes hinüber.

„Ich brauche aber Mayo und Ketchup!", raunzte sie ihn an.

„Das kleine Wörtchen mit fünf Buchstaben kennst du wohl nicht, was?"

Er schaute sie abschätzig von der Seite an, während er eine Schranke rot-weiß auf die Portion niederdrückte.

„Wieso? Scheiße hat doch sieben Buchstaben", grinste sie und fügte doch noch ein „Ja, danke, also..." hinzu, was man zwischen den Hähnchen- und Kartoffelstücken nur mit gutem Willen verstehen konnte.

Der Imbissbuden-Verkäufer winkte ab und widmete sich wieder der Reinigung seiner Ablagen, im täglichen Kampf gegen das heiße Fett, das alles hier mit einer dünnen Schicht überzog und sogar seinen Weg gefunden hatte bis hin zu den Fahrplänen am Busbahnhof.

Dort folgten fettige Fingerkuppen den Schlieren auf Plexiglas, unter dem ein vergilbter Fahrplan vor sich hinwelkte. Die Finger gehörten einem Mann im Trainingsanzug. An der Ampel jaulte ein 3er BMW auf und legte einen rasanten Schnellstart hin. Irritiert schaute ihm ein weiteres Pärchen nach: zwei Tätowierte, in blau-grüne Ballonseide gehüllt, sich gegenseitig stützend. Arm in Arm trabten sie weiter, eine imposante Bierfahne vor sich hertragend. Wohin war unklar.

Yvonne stolperte fast über die Beiden, als sie von der Hauptstraße zurück auf den Vorplatz kam, zwei halb zerfetzte Plastiktüten in der einen, eine auf den Filter heruntergebrannte Zigarette in der anderen Hand.

Derweil färbte sich der Himmel orange-grau, die Sonne ging langsam unter und es wurde spürbar kälter. Sie zog den Schal enger. Der Platz füllte sich wieder, diesmal mit Heimkehrern, die abgeschlagen die Köpfe hängen ließen.

„Blöde Maloche." Yvonne schüttelte sich angewidert.
Da war der Mann von heute Morgen wieder. Behände bückte sie sich und tat, als würde sie ihren Schnürsenkel binden. Fast lief er in sie hinein.

„Pass doch auf, Mensch!", rief sie, gespielt erzürnt. „Ach, Sie sind's", lenkte sie ein, schob ein schiefes Lächeln hinterher.

„Bist du immer noch da?", fragte er.

„Wieder", sagte sie.

„Du bist so jung. Was du alles aus deinem Leben machen könntest ... Was Besseres als das hier auf jeden Fall", sagte er.

Und sie: „Was meinst du denn damit? Was Besseres – so was, wie du? Jeden Tag von morgens bis abends schuften. Acht Stunden am Tag, acht davon schlecht bezahlt." Die letzten Worte hatte sie unvermittelt zu singen begonnen.

„Na ja", er zuckte mit den Schultern und ging weiter, einen Bogen um eine Taube schlagend, die trotzdem hochschreckte und unwillig von einem Leckerbissen auf dem Boden abließ. Hektisch landete sie auf einem Fahrkartenautomaten. Nicht zum ersten Mal: Versteckt unter einem Mosaik aus Taubenkot lag der Apparat.

„Pass auf, wo du hintrittst!", keifte eine Rothaarige und zerrte ihren kleinen Sohn mit einer Hand weiter. Mit der Anderen nestelte sie den Fahrschein aus ihrer Handtasche. Fast hätte sie den Blinden übersehen, der sich – klicke-di-klack, klicke-di-klack – einen Weg durch die Menge suchte. Er rammte eine schöne Blondine; sie entschuldigte sich hastig und verlegen bei ihm. Doch er schien den Crash zu genießen, atmete genießerisch ein.

Müde Gesichter in den Busfenstern, müde Gesichter an der Haltestelle. Feierabend. Nur ein paar Jugendliche fanden Erfreuliches an diesem grauen Tag. Sie lachten laut. Die Jungen tänzelten um die Mädchen, die Mädchen wiegten sich kokett. Yvonne schaute ihnen zu. Sehnsüchtig. Sie wartete auf die Nacht, wenn der Platz sich endlich leerte und sie sich auf einer der Bänke würde langstrecken können.

Heute war ein guter Tag gewesen. Beste Einnahmen seit langem. Deshalb hatte sie sich etwas Besonderes geleistet:

Kreide. Morgen wollte sie sich an einem Straßengemälde versuchen; das brachte sicher mehr Geld. Investition in die Zukunft sozusagen.

Noch einmal brach die Sonne durch. Zwei Hip-Hopper in weiten, herabhängenden Jeans schlurften zum Bus, bissen lustlos in ihre Burger. Komisch, sie war sich sicher, dass es hier nach Schnitzel roch. In diesen Geruch ließ sie sich nun sinken und kuschelte sich in ihren Schlafsack, den sie aus einer ihrer Plastiktaschen gezaubert hatte.

Am nächsten Morgen machte sie sich ans Werk, bezog strategisch Stellung vor dem Haupteingang. Hier war der Asphalt hell und glatt, eine ideale Leinwand. Die Vorlage hatte sie kürzlich in einer Zeitschrift gefunden, die jemand im Bus hatte liegen lassen. Mona Lisa. Nicht mehr und nicht weniger.

„Wenn schon, denn schon", murmelte sie und schob sich die Ärmel ihres Sweatshirts hoch. Wo sollte sie anfangen? Mit dem Rahmen oder mit dem Gesicht? Augen, Nase, Mund – was kam wohl zuerst? Oder wäre es besser, erst einmal die Landschaft zu skizzieren? Nein, nein, gleich eintauchen. Die Augen, die mussten der Ausgangspunkt sein. Fenster zur Seele und so. Außerdem, war es nicht gerade der besondere Blick, der die Mona Lisa bekannt gemacht hatte?

Fast wäre er ihr auf die Finger getreten, der Anzug-Typ von gestern.

„He, Vorsicht!", schnauzte sie hoch.

„Oh, Pardon!"

Sie hatte sich mit ihren Kreidefarben direkt in seine Einflugschneise gesetzt. Er strauchelte.

„Du kannst ja richtig malen!", stellt er überrascht fest.

„Findest du?", fragte sie, kritisch ihr Werk beäugend.

„Doch, doch, das ist gut", nickte er anerkennend. Seinen Zug hatte er verpasst, das war klar, heute musste er auf den nächsten warten.

„Sag mal, musst du nicht zur Schule?"

„Neee, mit der Schule bin ich fertig. Bin sechszehn", erklärte sie, rutschte auf den Knien um das Augenpaar herum und blickte prüfend von allen Richtungen darauf.

„Kommst du von hier? Wie heißt du eigentlich?", rollten die Fragen aus ihm heraus.

„Und du?"

„Oh, wie unhöflich!" Er streckte ihr seine Hand entgegen. „Siegfried Mühlbeck. Ich wohne hier mit meiner Familie, gleich hinterm Bahnhof, im Seeviertel."

Sie nickte. „Ich heiße Yvonne. Komme aus Frankfurt, bin seit einer Woche hier."

„Na, dann ... schönen Tag noch!"

„Wie wäre es mit einer kleinen Spende für die brotlose Künstlerin?" Sie zog einen Mundwinkel spöttisch nach oben.

„Du machst mich langsam arm", schnaubte er. „Morgen werde ich mal besser den Hintereingang nehmen."

Das sollte wohl ein Witz sein, jedenfalls grinste er, bevor er ihr einen Fünfer zuschob und sich zum Gehen wendete.

Ihr Magen knurrte, gerade so als ob er wüsste, dass dieser Geldschein Frühstück bedeutete, aber erst einmal wollte sie das Gesicht der Frau beenden. Die Augen stimmten noch nicht ganz, aber der Nasenschwung war ihr gelungen. Während sie den Mund entwarf, forderte ein beißendes Hungergefühl eine sofortige Essenspause.

Über die Malerei war es Mittag geworden und der Platz war eingehüllt in den ihm eigenen Fleischdunst. Yvonne war vor Kurzem noch Vegetarierin gewesen – als sie es sich noch hatte leisten können, wählerisch zu sein und eine politische Einstellung zu unterhalten.

In dem Geruch aus warmen Essen verschiedenster

Couleur, aber stets tierischen Ursprungs, verfing sich ein angenehm süßliches Bukett – Vanille? Nein, Moschus! –, das eine türkische Mama in ihrem Rosenkopftuch hinter sich herzog. „Fünf Euro siebzig ist ja ganz schön gesalzen für das Regional-Ticket!", klagte sie ihrer Tochter, die nur gelangweilt mit der Schulter zuckte und weiter auf ihr Handydisplay starrte.

Das fand Yvonne auch, deshalb fuhr sie meistens schwarz. Selbst wenn sie erwischt wurde, was sollten die schon machen? Sie hatte ja sowieso kein Geld. Wahrscheinlich beglich ihre Mutter alle Rechnungen, Mahnungen und Bußbescheide. Und wenn nicht, war es auch egal.

Heute wusste der Hähnchenbrater schon Bescheid und richtete das halbe Tier mit Pommes Schranke an, als er Yvonne auf sich zukommen sah.

„Stimmt so", sagte sie lächelnd und schob ihm den Fünfer hin. „Für gestern."

„Lass mal gut sein. Gestern hab' ich dir die Pommes geschenkt", erwiderte er und nötigt ihr das Wechselgeld auf. „Mensch, du machst einen total klaren Eindruck", setzte er unvermittelt zu einer Moralpredigt an.

Als ihr Gesichtsausdruck versteinerte, schob er eilig hinterher: „Musst du selber wissen ... aber sonst endest du vielleicht noch einmal so wie ich."

„Hmmm", sagte sie nur und zog mampfend ab.

Sie wusste, dass er Recht hatte. Ja, das wusste sie, verdammt noch mal! Sie erinnerte sich gar nicht mehr so richtig, warum sie überhaupt abgehauen war. Aber sie hatte auch keine Ahnung, wie sie wieder zurückgehen sollte. Nach allem, was sie ihrer Mutter an den Kopf geworfen hatte. Dabei hatte die es gut gemeint. Und klar, hatte die Mutter ein Recht auf ein eigenes Leben, mit neuem Partner und so. Auch wenn das liebe Töchterchen den nicht ausstehen konnte. Besser als ihr Vater war er allemal. Fand die Mutter. Und wenn sie es jetzt durchdachte, fand sie das eigentlich auch. Sollte sie das zugeben? Sagen: „Hey Mama, hier bin ich wieder. Habe einen Fehler gemacht. Sorry, Schwamm drüber." Ging das?

Erbost scheuchte Yvonne die Tauben weg, die sich gerade daranmachten, der guten Mona ins Gesicht zu scheißen. „Schschsch!!!"

Aufgeregt flatterten sie hoch. Yvonne robbte auf dem Boden entlang, in der Rechten die Kreide, während sie sich mit der Linken weiter Pommes in den Mund schob.

Erst als Menschenströme sich links und rechts von ihr über den Vorplatz ergossen, merkte sie, dass es wieder Abend geworden war. Irgendwie wartete sie schon auf den älteren Banker – wie hieß er noch gleich? Siegfried, genau, wie der Drachentöter. Bei dem Gedanken musste sie kichern. Aber er kam nicht. Musste er Überstunden machen? Vielleicht weil er heute Morgen zu spät gekommen war.

„Wow", ertönte es hinter ihr. Sie fuhr herum und da war er ja. „Du hast es echt drauf, das ist genial!"

Seine Begeisterung war echt.

„Und ich kenne mich aus, habe schließlich einmal auf einer Kunsthochschule studiert, wenn auch ohne Abschluss", erklärte er, ein bisschen stolz.

„Warum hast du sie nicht abgeschlossen?"

„Sagen wir mal wegen familiärer Probleme. Musste Geld verdienen."

„Wärst du gerne Künstler geworden?", fragte sie.

Er wackelte mit dem Kopf.

„Es ist nie zu spät, sagt man ja", gab sie zu Bedenken.

„Vielleicht nicht", erwiderte er. „Vielleicht aber doch – also für mich meine ich, so kurz vor der Rente. Für Dich nicht." Er holte tief Luft, überlegte es sich anders und sagte: „Schönen Abend noch." Und drückte ihr den nunmehr schon fast obligatorischen Fünfer in die Hand.

„Hast Du zufälligerweise auch noch siebzig Cent?", fragte sie zögernd.

Er zog fragend die Stirn in Falten, drückte ihr dann aber wortlos weitere Münzen in die Hand: „Mach es gut."

Wie sie diesen Gestank aus frittiertem Essen hasste, sie konnte es gar nicht in Worte fassen. Er widerte sie an. Am liebsten würde sie sich Stöpsel in die Nase stecken, so eklig fand sie das. Sie dachte an die frisch duftende Wohnung der Mutter, für die das tägliche Lüften etwas Quasireligiöses war.

Der Fahrscheinautomat stand verwaist in der Mitte des Busbahnsteigs, sonst Treffpunkt für Penner, Säufer und Heimatlose jeder Art. Sie trafen sich hier, doch eigentlich wollten alle nur eines: weg. Das Kurzticket war für zwei Euro zu haben. Aber auch das kaufte niemand. Zumindest nicht hier, nicht am Automaten. Zumindest nicht jetzt. Vielleicht morgen.

Morgen? Ja, morgen, dachte Yvonne vor dem Einschlafen und ging in Gedanken Stück für Stück das Gesicht der

Mona Lisa durch, versuchte ihr Geheimnis zu ergründen und vergaß darüber sogar den Geruch von Schnitzel und Broiler.

Gegenüber die Lichter

Hatte sie nicht wie immer die Tür mit ihrem Hausschlüssel geöffnet? Jetzt stand sie im Flur und lauschte einen kurzen Moment lang dem Geräusch von sich drehenden Metallzacken im Zylinder, bevor sie die Wohnungstür hinter sich zuschob. Den Rucksack mit ihren Büchern ließ sie von der Schulter gleiten, warf achtlos ihre abgetragene Jeansjacke darüber, hebelte mit dem jeweils anderen Fuß die Schuhe an der Ferse herunter und weg.

„Hallo!", rief sie und lief – ohne eine Antwort abzuwarten – in die Küche, wo sie vor dem offenen Kühlschrank die Milch in so hastigen Schlucken direkt aus der Tüte trank, dass ihr ein Teil über die Verpackung lief und auf das T-Shirt tropfte. Um die Flecken kümmerte sie sich nicht, stellte den fast leeren Tetra-Pak zurück und ging in den Flur. Mitten im Gang blieb sie stehen, als horche sie erneut nach Geräuschen, und erst nach wenigen Minuten der absoluten Stille – fast absolut, denn in der Ferne hörte man einen Hund bellen, aggressiv sein Revier verteidigend – nahm sie den Rucksack auf, trabte zielstrebig gerade aus, durch ein beiges Wohnzimmer hindurch, in ihr Zimmer, ihr eigenes kleines Reich.

Müde ließ sie sich auf den Stuhl vor ihrem Schreibtisch fallen. Sie betrachtete die Wand gegenüber. Ein schmaler Spiegel auf Augenhöhe warf ihren forschenden Blick zurück.

Amelie holte Bücher und Hefte hervor und begann unverzüglich mit der Arbeit. Trotz Müdigkeit. Eine Stunde lang schaute sie nicht auf, absolvierte eine Hausaufgabe nach der anderen, las hier noch einmal etwas nach, schrieb dort eine Passage neu, schöner ins Heft.

„Gut gemacht, Amelie", lobte sie sich zufrieden selbst, räumte rasch alle Blätter in den Ranzen und rollte energisch auf dem Stuhl zurück.

Im Wohnzimmer warf sie einen Blick durch die Balkontür, hinaus auf die Straße, die still, einsam und leer unter ihr lag. Sie war eine beständige Konstante, auf die man sich verlassen konnte. Die Straße teilte die beiden fast identischen Reihen aus Einfamilienhäusern schnurgerade in zwei Hälften, eine links und eine rechts. Spätnachmittag in einer Kleinstadt. In ihrer Heimatstadt.

Amelie schlenderte in die Küche und angelte sich einen Erdbeerjoghurt aus dem Kühlschrank. Gierig schlang sie ihn, an die Küchenzeile gelehnt, in sich hinein und schob eine eilige geschälte Banane hinterher. Zurück zum Balkon. Doch sie hatte nichts verpasst. Es war noch zu früh.

Müde ließ sie sich in den löchrigen Sessel fallen und schaltete den Fernseher ein. „Lassie" bellte ihr freudig entgegen. Eine ihrer vielen Lieblingsserien. Am liebsten hätte sie auch einen Hund. Es müsste kein Collie sein. Nur ein kleiner Mischling, der wenig Platz benötigen würde. Sicher könnten sie ihn auch unten im Hof laufen lassen, eine Hundehütte aufbauen. Doch Mama war unnachgiebig in diesem Punkt. Wer sollte sich kümmern? Ihn füttern? Mit ihm Gassi gehen?

„Na ich!", rief Amelie erfreut. (Und wer sagte überhaupt, dass es ein Er sein würde?) Amelie hatte Zeit. Mehr als genug.

„Nein", sagte die Mutter.

Gerade hatte Lassie zusammen mit diesem kleinen Jungen, bei dem sie wohnte, ein Abenteuer bestanden: Sie hatten ein Kind vor dem Ertrinken im Dorfteich gerettet. Der Abspann lief, als es draußen zu dämmern begann.

Jetzt endlich gingen im Nachbarhaus vis-à-vis die Lichter an und Amelie sah, wie eine Frau in der Wohnung genau gegenüber – die Familie hieß Sattelberger – den Abendbrottisch im Esszimmer deckte. Der Vater saß im Wohnzimmer vor dem Fernseher. Wo war Claudia? Sonst half sie beim Anrichten. Da schoss sie schon von hinten zur Tür herein, drückte der Mutter einen Kuss auf die Wange und fing an zu erzählen. Die beiden lachten.

Amelie kniete sich auf die Couch und legte sich ein Kissen unter die Ellenbogen.

War sie weggedöst? Amelie hatte ihre Mutter gar nicht kommen hören, nun ließ sie sich neben ihr auf das Sofa plumpsen, schlüpfte aus den Schuhen, sagte müde: „Hallo, Amelie", und massierte sich die Fußballen mit ihren Daumen.

Amelie küsste die Mutter, flitzte in die Küche, um ein paar Brote zu schmieren, für sie beide, und balancierte die Schnitten auf einem Tablett ins Wohnzimmer. Obwohl sie sich beeilt hatte, war sie zu langsam gewesen: Die Mutter schnarchte auf der Couch.

Die Brote stellte Amelie auf dem Tisch ab und drehte sich zum Fenster, schaute hinüber zu den Sattelbergers. Aber dort drüben waren nun die Rollläden heruntergelassen worden. Amelie holte Luft, biss lustlos in ein Leberwurstbrot – mit Gürkchen, immerhin.

Es war ein Wunder! Anders konnte Amelie es sich nicht erklären. Der Milchautomat klemmte. Das war nicht das Verwunderliche – das passierte sogar andauernd –, nein, sondern dass es just in dem Moment geschah, als Claudia sich einen Kakao kaufen wollte und Amelie direkt hinter ihr in der Schlange stand. Gekonnt haute Amelie mit einem Fausthieb an die rechte obere Ecke der widerborstigen Maschine, welche daraufhin artig die Kakaotüte ausspuckte.

„Danke", sagte Claudia staunend. „Cool." Und: „Wie heißt du?" Und: „Wohnst du nicht auch in der Rheinstraße?"

Warum waren sie nicht schon früher einmal aufeinandergetroffen, warum hatten sie noch nie miteinander gesprochen? Amelie wusste es nicht. Jetzt aber taten sie es. Sie verstanden sich auf Anhieb, kamen vom Hölzchen aufs Stöckchen, erzählten und kicherten.

Sie verabredeten sich, nach der Schule zusammen nach Hause zu gehen. Komisch, dass auch das sich noch nicht einmal vorher ergeben hatte, nicht wahr? Das war nicht zu erklären.

Nach den Schulaufgaben, die sie diesmal schneller erledigte, ging Amelie zu Claudia hinüber. Sie brachte ihre Barbie mit und alle Kleider, Schuhe und Handtäschchen in einem Koffer, der wie ein Schrank aussah und pink glänzte und der von Claudia wortreich bewundert wurde.

Claudias Mutter lud Amelie ein, zum Abendessen zu bleiben. Das machte sie gerne. Es gab Salat und selbst angemachten Camembert und eingelegte Oliven vom Markt.

Claudias Vater fragte die Mädchen, wie es in der Schule gewesen war, er lachte über den kaputten Milchautomaten und machte Späße über Amelie, die sicher bald platzen würde, wenn sie so weiter äße. Ob sie vielleicht gar heimlich auf dem Bau arbeite, da ihr Appetit so riesig und unstillbar war?

Glücklich rollte sich Amelie abends über die Straße zurück nach Hause. Sie schloss die Tür auf, rief „Hallo" in die leere Wohnung. Trank einen Schluck Milch – vielmehr aus Gewohnheit, nicht wegen eines Bedürfnisses –, rollte sich zufrieden auf der Couch zusammen und schaute „Heidi".

Als die Mutter kam, schlief sie tief und fest.

So ging es die nächsten Tage und Wochen und es hätte Monate so weitergehen können. Wenn es nach Amelie gegangen wäre. Doch die Sattelbergers zogen weg. Nicht in eine andere Straße. In eine andere Stadt.

Amelie und Claudia weinten beim Abschied. Sie versprachen, sich zu schreiben. Und das taten sie auch. Mindestens einen Brief pro Woche.

Amelie schaute weiter „Lassie" und „Heidi", „Unsere kleine Farm" und „Pippi Langstrumpf". Sie aß Joghurt und Bananen und trank Milch aus der Tüte.

Und wenn es dunkel wurde und behäbig die Straßenlichter angingen, machte sie es sich vor dem Fenster zum Balkon bequem und blickte sehnsuchtsvoll auf die andere Seite.

Doch die alte Dame, die gegenüber eingezogen war, ließ die Rolläden hinunter, noch bevor sie das Licht anschaltete.

Amelie schloss die Augen. In der Ferne jaulte der Hund.

Am nächsten Morgen erzählte die Mutter, dass sich immer wieder – ja, wöchentlich fast – fremde Briefe in ihrem Briefkasten einfänden.

„Adressiert an Claudia Sattelberger", sagte die Mutter.

Amelie zog die Augenbrauen und die Schultern hoch, Unwissenheit anzeigend, sagte: „Tschüss", und ging zur Schule.

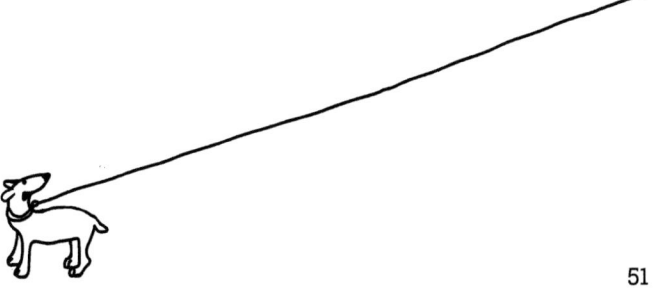

Die
Verwandlung

Der Schmerz weckte sie. Fuhr ihr stechend in den Kopf. Bohrte sich diagonal hindurch. Sie schreckte hoch, einen Aufschrei unterdrückend. Draußen war es noch dunkel, die Vögel zwitscherten dem neuen Tag entgegen.

Stöhnend tastete Sarah Georg nach ihrer Stirn. Überrascht hielten ihre Finger inne, als sie bei ihrer Erkundungstour auf zwei Anhöhen mit einer seltsamen Oberfläche stießen. Die Haut auf ihrem Kopf spannte so, dass Sarah meinte, sie müsste gleich aufplatzen.

Ächzend rollte sie sich aus dem Bett und schlurfte zum Bad, gähnte, rieb sich die Augen, hob den Blick zum Spiegel ... Entsetzt wich sie zurück, sank in die Knie, hielt sich am Badewannenrand fest. Sie schüttelte den Kopf, als wolle sie sich selbst erst einmal ordentlich wachrütteln.

Noch einmal. Kräfte sammeln, tief einatmen.

„Nur Mut", murmelte sie, bevor sie wieder in den Spiegel schaute. Das konnte doch nicht sein. Unmöglich! Sie rieb sich die Augen, das Bild blieb: Oben, oberhalb der Stirn, im Haaransatz hatten sich – über Nacht? – zwei schuppige dunkelgraue Hörner durch die Haut geschoben, die gerötet war und entzündet und juckte.

Vielleicht träumte sie noch? Wo kamen diese Hörner plötzlich her? Als sie darüber nachdachte, fiel ihr auf, dass sie seit einigen Tagen an eben diesen beiden Stellen eine unangenehme Spannung der Kopfhaut gespürt hatte, ein Bitzeln und Brennen. Sie hatte gedacht, dass sich zwei Monsterpickel ihren Weg bahnten, zwar riesig große, aber eben doch ganz normale Pickel, nur schmerzhafter als sonst.

Nachdem Sarah die Haut mit Wundcreme versorgt hatte, probierte sie, ihre Haare möglichst adrett um die Hörner zu wickeln, damit diese sich wie kleine, kunstvolle Haartürmchen erhöben.

Als es jedoch gerade tatsächlich so aussah wie eine Art Frisur, stürzten die Gebilde in sich zusammen. Da halfen weder Haarspray noch Klammern, keine Haargummis und auch kein Gel. Erste Sonnenstrahlen fielen durchs Badezimmerfenster. Mittlerweile waren zwei Stunden vergangen, sie würde noch zu spät zur Arbeit kommen, obwohl sie heute so früh aufgestanden war. Das konnte sie sich eigentlich nicht erlauben, die Chefin war sowieso schlecht auf sie zu sprechen, vor allem wegen den ständigen Auseinandersetzungen mit ihrer Kollegin. Außerdem hinkte sie mit ihrem Projekt dem Zeitplan hinterher.

Hektisch wühlte sich Sarah durch die Garderobenablage. Die grüne Strickmütze sah wunderbar aus, war aber viel zu warm für die Jahreszeit. Der Sonnenhut aus Stroh wäre passend, saß aber nicht richtig. Er stand vorne hoch und verwandelte ihren Kopf in ein Ei. Eine rote Baseballkappe brachte schließlich die Rettung.

In der Straßenbahn schien niemand etwas zu bemerken. Sarah blickte prüfend umher, keiner reagierte komisch, niemand starrte sie an. Erleichtert ließ sie sich in einen Sitz fallen und versuchte, sich zu entspannen.

„Guten Morgen!", rief sie laut und aufgesetzt fröhlich durch die offene Tür ins Zimmer der Chefin und schmetterte allen, die sie auf dem Flur traf, ein freudiges „Hallo!" entgegen. Normale Reaktionen überall. Es funktionierte! Sie hüpfte fast schon euphorisch in ihr Büro und ließ sich sogar zu einem „Moin Moin" Richtung Charlotte hinreißen, mit der sie das Zimmer teilte. Charlotte blickte überrascht auf, zog eine Augenbraue hoch und erwiderte den Gruß mit einem

„Morgen", bei dem jedoch ein kaum hörbares Fragezeichen am Ende mitschwang.

Seit Wochen lagen sich die beiden in den Haaren. Mal zankten sie wegen des aktuellen Projekts, mal wegen der Anordnung der Schreibtische, mal wegen des Kaffeepulvers – wer war als nächstes dran, welche Sorte schmeckte am besten, wie sollte der Kaffee zubereitet werden? Wenn man es darauf anlegte, konnte man in allem unterschiedlicher Meinung sein. Wie das angefangen hatte? Daran erinnerte sich keine von beiden. Sarah war sicher, dass es Charlotte gewesen war, die den Streit losgetreten hatte. Deshalb hatte sie auch kein schlechtes Gewissen, als Charlottes Projekt-Unterlagen plötzlich nicht mehr auffindbar waren. Einfach weg, wie vom Erdboden verschluckt. Dabei war es keine Absicht gewesen. Anfangs. Sarah hatte aus Versehen ihren Block auf die Mappe gelegt, die Charlotte wohl in der Küche vergessen hatte. Dass sie die Unterlagen dann mit ihren eigenen mitgenommen hatte und in einer Schublade verschwinden ließ, das konnte sich selbst Sarah im Nachhinein nicht schönreden.

„Und wenn schon", beschwichtigte sie ihr schlechtes Gewissen, „das hatte die sich selbst zu zuschreiben."

Sarah war überrascht, wie gemein sie sein konnte. Das hatte sie nicht von sich gedacht. Das Allerschlimmste war, dass sie es fast genoss und nichts tat, rein gar nichts, um den von ihr angerichteten Schaden wiedergutzumachen. Das musste Charlotte erledigen, in Form von Überstunden. Beinahe hätte sie eine Abmahnung kassiert. Nur durch ihren Fleiß konnte sie das Unheil abwenden. Der Stress aber fraß Charlotte auf. Von der sympathischen, hilfsbereiten und hübschen Kollegin war einzig ein ausgemergelter verbitterter Strich übriggeblieben, der nur mehr mit zusammengekniffenen Lippen zu funktionieren schien.

Doch davon wollte Sarah nichts wissen. Von Kollegen auf diese Veränderung ihrer Zimmergenossin angesprochen, leugnete sie jede Kenntnisnahme – geradeso als könne sie ja nicht für etwas verantwortlich gemacht werden, das in ihren Augen gar nicht passiert war. Die Kollegen schüttelten die Köpfe angesichts dieser Ignoranz und irgendwann ließen sie sie mit ihren besorgten Bemerkungen in Ruhe.

Und nicht nur damit. Es fragte auch niemand mehr, ob sie zum Mittagessen mitkommen wolle oder auf einen Kaffee.

Auch Charlotte war nicht mehr bei den anderen dabei, schlich alleine durchs Haus, packte ihren selbst gemachten Salat auf der Parkbank gegenüber aus. Sie waren beide allein. Ihnen blieb nur noch ihr Streit.

Und jetzt kam auch noch die Sache mit den Hörnern dazu. Sarah hätte sich bestimmt mit ihnen arrangieren können. Aber sie wurden größer. Jeden Tag wuchsen sie ein kleines Stückchen weiter in die Höhe. Sie wurden breiter, schuppiger, irgendwie hässlicher.

Mittlerweile trug Sarah die größere Baseballkappe ihres Vaters. Darüber hinaus machten ihr die Schuppen zu schaffen, die aus der Mütze rieselten und auf den Schultern unschöne Spuren hinterließen. Sie schmierte jeden Morgen eine dicke Schicht Vaseline auf die trockenen Hörner, doch spätestens um die Mittagszeit war das Fett eingezogen und die Schuppen fingen erneut an zu rieseln.

Ihre Pausen nutzte sie nun, um heimlich auf der Damentoilette neue Creme aufzutragen. Wie sollte das weitergehen? Sarah konnte es sich beim besten Willen nicht vorstellen. Für Streitereien mit Charlotte hatte sie jedenfalls keine Zeit mehr. Sie war voll und ganz mit dem Kaschieren und der Pflege ihrer Hörner beschäftigt.

Entlang der Straßenbahnlinie hatte Sarah einen Laden entdeckt mit Perücken, einen „Zweithaar-Salon". Hier wurde sie fündig, erstand zwei Perücken mit extravaganten 70er-Jahre-Hochsteckfrisuren, in die sie ihre beiden Störfaktoren auf der Stirn gut würde integrieren können. Dass mittlerweile Hochsommer war – einer der heißesten seit Jahrzehnten –, tja, damit musste sie leben. Stoisch schwitzte sie vor sich hin.

Als aber auch die Perücken keinen weiteren Platz mehr hergaben für die raumgreifenden Auswüchse, ging sie zum Hausarzt. Der war total begeistert. So etwas hatte er ja noch nie gesehen! Ob sie bereit wäre, sich fotografieren zu lassen? Dürfe er über ihren Fall im „Medical Journal" einen Artikel veröffentlichen? Natürlich würde er es sich nicht nehmen lassen, sie eigenhändig zu operieren – das stand außer Frage.

Sie war erleichtert. Bald würde alles wieder so sein wie früher. Vor der Operation hatte Sarah Angst, doch ihr Arzt wusste sie zu beruhigen. Das würde schon alles, sagte er und tätschelte ihre Hand auf dem Weg in den OP. Als sie aus der Narkose erwachte, fühlte sie sich zwar benommen, aber gleichzeitig auch unglaublich befreit. Der Turban, der ihren Kopf beschwerte, würde bald weichen und wenn ihre Haare nachgewachsen waren ... Bis dahin würden ihr die beiden Modelle aus dem Zweithaar-Studio die Zeit überbrücken. Ganz überraschend kam Charlotte mit ein paar Kolleginnen im Krankenhaus vorbei. Sie brachten Blumen und feine Pralinen und Grüße von der Chefin. Ihre gute Laune wirkte ansteckend auf Sarah und ihr Gekicher und Geschnatter erfüllte den Raum. Ja, sie waren so hörbar gut gelaunt, dass sie mit ihrer Lautstärke sogar die Erholung suchende Bettnachbarin auf den Flur hinaustrieben.

Wahrhaftig, die unsäglichen Horn-Dinger waren weg. Als der Verband endlich abgewickelt werden durfte, sah man nur noch zwei rote, haarlose Flecken. Sanft strich sie darüber. Fast wurde ihr ein wenig wehmütig ums Herz.

Auf den kreisrunden Stellen würden keine Haare mehr wachsen, das hatte ihr der Arzt mitgeteilt, sehr mitfühlend. Er hatte die Möglichkeit einer Transplantation von Haarwurzeln erwähnt, die jedoch eine kostspielige Angelegenheit war. Das wollte sie sich durch den Kopf gehen lassen. Vielleicht konnte sie einfach die Haare darüber kämmen.

Nach zwei Wochen durfte Sarah wieder zur Arbeit. Die Schildkappe blieb zu Hause. Es war kühl. Sie genoss es, sich den Wind um die Ohren wehen zu lassen – ohne Mütze, ohne Perücke oder Haarnetz, ohne Tuch.

Bei Charlotte entschuldigte sie sich, irgendwann, beiläufig. Doch das genügte. Charlotte nickte nur, das war's. Jetzt brachte sie der Kollegin wieder ab und an eine Tasse Kaffee mit. Interessanterweise wurden sie nun wieder von den anderen Kollegen zum Mittagessen mitgenommen.

Erst nach Monaten hatte Sarah das Gefühl, zwei riesige Monsterpickel würden sich auf ihrer Stirn durch die Haut schieben. Und wahrhaftig: Die Hörner waren zurück! Allerdings blieben sie diesmal winzig klein, sie wuchsen nicht und ließen sich leicht kaschieren, Sarah musste nicht einmal ihre Frisur ändern. Ganz weg gingen sie jedoch nicht mehr. Darüber war Sarah irgendwie froh.

Wobei sie nicht hätte erklären können, warum.

Nakira 🍀 lacht

Sie konnte die Lichter tanzen lassen. Wenn sie in die gleißende Sonne blickte. Möglichst, ohne zu blinzeln. Und danach direkt auf den hellen Hofboden. Den ganzen Vormittag lang hatte sie das hingebungsvoll geübt, auf der untersten Treppenstufe sitzend. Während Lea und Jennifer, Charlotte und Mia an ihr vorbeigeritten waren und glockenhell lachten. Sie kicherten und stupsten sich gegenseitig an.

Nakira schaute nicht auf. Sie blickte weiter geradeaus. Erst mit zusammengekniffenen Augen in die Sommersonne, dann auf den Asphalt. Immer abwechselnd, den richtigen Rhythmus suchend. Vor allem nicht zu kurz Richtung Sonne schauen, denn dann sah alles aus wie immer. Aber auch nicht zu lange, verschwamm doch sonst alles zu einem einzigen Weiß. Auf das richtige Timing kam es an. Sie kniff die Augen zusammen.
Es war ein wenig unangenehm, ja, es tat fast weh.

„Nakira!"

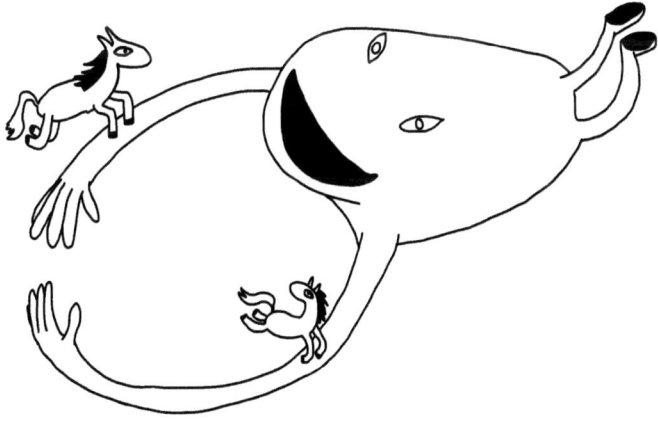

Natürlich hatte sie gehört, dass ihr Name gerufen wurde. Und doch schaute sie weiter konzentriert geradeaus, ignorierte den Ruf. Fast regungslos saß sie auf der Steinstufe. Ihre Zöpfe standen links und rechts ab wie zwei Öhrchen, an deren Spitzen pinkfarbene Schmetterlinge die Haare zusammenhielten. Nur in geflochtener Form, fand die Mutter, waren ihre Haare angemessen gebändigt. Nur so durfte Nakira das Haus verlassen.

„Nakiraaa!!"

Langsam erhob sich das Mädchen, wenn auch widerwillig. Sie bewegte sich nicht gern, es fiel ihr schwer. Sie war groß für ihr Alter und, zugegeben, auch voluminös. Die einen sagten, sie sei mollig – die Mutter und ihre Schwestern waren das. Die anderen – das waren derzeit Mia und Charlotte, Lea und Jennifer – nannten sie „Fettie" oder „die Dicke".

Nakira fand das nicht schlimm: Sie wusste ja, dass sie recht hatten. Nur wusste sie nicht, was sie dagegen machen sollte – also gegen die Fettpolster, nicht gegen Mia, Charlotte und so weiter.

Neun Jahre war sie alt und sie konnte sich nicht erinnern, jemals schlank gewesen zu sein. Auch früher nicht, bevor sie zu Mutter kam. Als sie noch bei Mami war. Und bei Lenny.

Eine Hand legte sich auf ihre Schulter. Nakira drehte sich nach ihr um.

„Kommst du?", fragte Mutter. „Alle warten nur auf dich."

Pferdehufe näherten sich trabend dem Bauernhof. Ihr Geklapper ließ die Spatzen im Apfelbaum hektisch aufflattern.

„Darf ich heute Nachmittag auch ausreiten?", fragte Nakira leise.

„Du, das geht doch nicht, wir wollen gleich einen Ausflug machen", erklärte die Mutter und wendete sich zum Gehen.

Hinter dem Haus saßen alle an einem großen Holztisch. Mutter, Sabrina, Tante Luise und Onkel Thomas sowie deren Kinder Annika und Matteo. Sie lachten, ständig lachten hier alle. Sie nippten am Kaffee oder tranken Bio-Limonade, jeder einen Kuchenteller vor sich. Berta schnitt gerade einen riesigen, frischen Hefezopf in Scheiben. Im Vorbeigehen schnappte sich Nakira das größte Stück und einen freien Teller. Noch im Stehen biss sie hinein, schlang das Stück in wenigen Bissen hinunter und griff mit vollem Mund nach einem zweiten, das sie nun immerhin sitzend und langsamer aß.

„Darf ich noch eins, Mutter?", fragte sie zaghaft.

Mutter redete mit Tante Luise und reagierte nicht.

Nakira nutzte die Gelegenheit und griff erneut zu. In der Ferne hörte sie Jennifer und Lea, Charlotte und Mia lachen.

Ihre Mütter führten die Pferde am Halfter. Große Runde, eine Stunde.

Sehnsüchtig blickte Nakira vom Hefezopfteller auf, fuhr sich mit dem Ärmel über die von Krümeln umsäumten Lippen. Leise schlich sie sich weg aus dem Garten, zurück Richtung Hofeinfahrt, zurück auf die unterste Treppenstufe, die immer noch in der Sonne lag.

Bella, die Katze, strich um Nakiras Beine, schmiegte sich an die rosarote Leggings und hinterließ eine Spur aus weißen und schwarzen Härchen.

Nakira wischte, doch sie konnte nur einen kleinen Teil der Haare entfernen. Sie zupfte und zupfte, aber ein Rest blieb hartnäckig auf dem Stoff kleben. Also gab sie auf und versuchte stattdessen noch einmal die Lichter tanzen zu lassen. Sternchen zaubern.

Die Pferde kamen zurück. Ausdruckslos blickte das Mädchen zum Hoftor. „Wer möchte noch einen Kaffee?", hörte sie Mutter hinter dem Haus fragen.

Das mit dem Ausflug wird sicher noch dauern, dachte sie sich.

Mami hatte ihr immer versprochen, dass sie einmal würde reiten dürfen. Leider war nie genug Geld übrig. Entweder brauchten sie noch etwas ganz dringend, wie eine  Zahnspange für Lenny. Oder Carlos, Mamis Freund, hatte „alles versoffen", wie Mami es nannte – „mal wieder". Und so klappte es mit dem Reiten nicht, jahrein, jahraus.

Nakira sprang rasch auf. Das Klappern der Hufe schien sie anzuspornen. Nun wuselte sie behände um die Pferde und die kleinen Reiterinnen und deren Mütter herum.

„Soll ich mal führen?", fragte sie. Und: „Darf ich das Pferd striegeln?", bot sie ihre Hilfe an. Sie bettelte, wenigstens eines der Pferde zurück auf die Weide führen zu dürfen.

„Aber sicher, nimm!"

Der Bauer drückte ihr die Lederriemen in die Hand.

Mit einem Dauergrinsen im Gesicht leitete sie das Pferd zurück zum Tor. Die Bäuerin kam ihr nach. „Steig auf", sagte sie. Nakira blickte sie fragend an. „Na, mach schon – steig auf! Ich hab nicht ewig Zeit, gleich gibt es Abendessen", befahl sie.

Rasch quetschte Nakira einen Fuß in den Steigbügel und schwang sich so elegant, wie es ihr möglich war, in den Sattel.

Es war ein erhebendes Gefühl! Einfach fabelhaft! So hoch oben, auf dem warmen, starken Rücken des Pferdes sitzend, war die Aussicht eine ganz andere.

Vor Vergnügen quietschte sie leise auf.

Die Bäuerin lächelte schief und führte sie den Hügel hinauf zur Weide. Das Ganze dauerte vielleicht nur eine Minute oder zwei. Für Nakira fühlte es sich an wie eine kleine Ewigkeit. Dankbar drückte sie sich an die Bäuerin.

„Das war das Schönste, was ich je erlebt habe", erklärte sie würdevoll.

Die Bäuerin wandte sich brummend zum Haus: „Muss jetzt aber wirklich kochen …. ist schon spät, fast fünf."

An der Einfahrt kamen ihr Tante Luise, Onkel Thomas und ihre Kinderschar entgegen.

„Da bist du ja!", schnaubte Mutter entnervt. „Wir suchen dich schon überall!"

Schnell setzt Nakira eine Miene des Bedauerns auf.

„Tut mir leid", nuschelte sie. „Hab der Bäuerin geholfen."

„Komm jetzt, wir wollen los", rief die Mutter.

Im Auto schaute Nakira aus dem Fenster. Sie konnte nicht aufhören zu grinsen.

Vielleicht ging das Spiel ja auch mit Autolichtern? Sie würde es nachher versuchen, wenn es dunkel war.

Wie es Mami und Lenny wohl ging? Das musste sie ihnen erzählen. Nächste Woche würde sie die beiden besuchen dürfen.

Noch fünfmal schlafen.

Noch fünfmal Lichter tanzen lassen.

Brief einer
Abschiedsnehmerin

Mein Lieber, guten Morgen,

in Ihrem letzten Brief fragten Sie mich, wie ich zu so einer routinierten Abschiednehmerin werden konnte. Nun, ich will es Ihnen hier und heute erläutern:

Als meine Cousine starb, hatte ich schon einige Übung darin, Menschen zu verabschieden. Den Anfang machte mein Großvater. Als Acht- oder Neunjährige trabte ich, damals noch gänzlich unerfahren, hinter dem schlichten Holzsarg her, in dem mein Opa lag. Das wurde mir zumindest gesagt, denn sehen durfte ich ihn nicht. Er war alt gewesen. Siebzig Jahre etwa. Hatte Lungenkrebs. Im Steinbruch gearbeitet, war Kettenraucher und Alkoholiker. Trotzdem, eigentlich war er noch nicht so alt, dass man sagen konnte, er sei am Ende seines Lebens angelangt gewesen.

Wohl aber war meine Großmutter am Ende ihrer Kräfte, nachdem sie den ihr zur lieben Gewohnheit gewordenen Ehemann Monate lang ins Bett hievte und, noch schwerer, wieder heraus, auf die Kloschüssel setzte, ihn nachts verfolgte, wenn er plötzlich von ungeahnten Energien durchströmt im Haus umherwanderte. „Es ist besser so. Eine Erlösung für ihn. Für alle", sagte sie beim Leichenschmaus. Nicht dass sie gefühllos wäre, meine Oma, nur ziemlich pragmatisch.

Es war ein schönes Fest, das wir für meinen Opa feierten. Ich mochte den Mann mit der geräucherten Haut, der gerne damit prahlte, dass er als junger Mann fünfzehn Pfannkuchen verputzen konnte. Der Abschied von ihm ist uns gut gelungen. Alle erzählten Geschichten über ihn, aus seiner Jugend in Ungarn. Zufrieden und versöhnt mit der Welt und mit Gott, der unserem Opa ein volles Leben geschenkt hatte, gingen wir nach Hause. Meine Oma räumte am nächsten Tag auf; seine Sachen kamen weg.

Die nächste Tote war schon etwas schwieriger unter die Erde zu bringen. Es war meine Tantel, die aber gar nicht meine Tante war. Sie war nicht einmal mit uns verwandt. Ihren richtigen Namen weiß ich nicht. Für mich war sie einfach „die Tantel": eine uralte Frau, die in der Dachwohnung im Haus meiner Großeltern wohnte. Sie trug viele schwarze Röcke übereinander und darüber wickelte sie noch eine Schürze. Sie brachte mich in den Kindergarten und holte mich wieder ab. Im Gegenzug ging ich mit ihr auf den Friedhof, zur Grabpflege.

Als sie starb, war ich am Boden zerstört. Erst viele Jahre später erfuhr ich, dass sie sich damals das Leben genommen hatte. Sie erhängte sich, um dem Tod zuvorzukommen. Sie war davon überzeugt, dass sie Krebs hatte. Doch sie war kerngesund. Als wir das erfuhren, löste sich selbst meine pragmatische Oma in Tränen auf. Schließlich war sie es, die meine Tantel am Dachstuhl baumelnd gefunden hatte. Wie ich nach ihrem Tod in den Kindergarten kam, weiß ich nicht mehr. Wahrscheinlich allein.

Ein seltsamer Abschied war der von meinem Vater. Er war Anfang vierzig, als er starb. Woran, das weiß bis heute niemand so genau. Auf der Sterbeurkunde steht unter „Zeitpunkt des Todes": 21. bis 24. August. „Live fast, die young" war sein Motto und ich muss sagen, das hat er einigermaßen direkt umgesetzt. Wie mein Opa war auch er Alkoholiker – eine Art Familientradition –, verschlief den Morgen, saß nachmittags im Wohnzimmersessel, verschlang Johannes-Mario-Simmel-Romane, bis es Zeit war für seinen Stammtisch. Immerhin schien er vernunftbegabt: Den Führerschein hat er nie gemacht. „Den hätte ich doch sowieso nicht lange, ich bin ja immer betrunken", erklärte er mir schulterzuckend. Ich war sechs, sah zu ihm hoch und versuchte, zu verstehen.

Nach zwölf geduldigen Jahren hatte meine Mutter eines Tages die Schnauze voll. Sie erwischte ihn im eigenen Ehebett mit einer Freundin. Wir zogen aus. Meinen Vater traf ich nur noch, wenn der Zufall es wollte. Wie nimmt man von jemandem Abschied, den man gar nicht kennt? Von jemandem, mit dem man nie etwas zusammen unternommen hatte, außer einmal als kleines Mädchen mit geflochten Zöpfen neben ihm her zu tappen, wenn er zum Zocken in die Eckkneipe ging?

Ich war trotzdem traurig. Einer musste es doch sein. Meine Oma sagte: „Warum hat er nicht auf mich gehört? So musste es ja kommen!" Seine Brüder schüttelten den Kopf: „Der Bruno, der Bruno, er hat es nicht anders gewollt." Ja, war ich denn die Einzige, die es schade fand, dass dieser Mann sein Leben nie gelebt hat? Na, klar, er war ein Arsch. Nur einmal hat er mir etwas geschenkt und das war geklaut. Noch dazu von seinem besten Freund. Aber – und das überraschte mich schon damals – ich war tatsächlich traurig. Für ihn. Und für mich. Meine Chancen, jemals einen normalen Vater zu haben, waren auf null gesunken.

Dass mein Opa Konrad der nächste in der Totenfolge sein würde, hätte keiner gedacht. Er war das blühende Leben, strotzte vor Kraft und Energie und Lebensfreude, die sich paradoxerweise in einem großen, allumfassenden Gejammer manifestierte. „Wenn er lamentiert, geht es ihm gut", lachten meine Tanten und meine Mutter. Dann hörte er auf. Er jammerte einfach nicht mehr. Und wir machten uns Sorgen. Ein halbes Jahr später starb er. Und ich war wieder einmal traurig, noch mehr als je zuvor, denn er war zu meiner eigentlichen Vaterfigur geworden. Einer seiner Liebesbeweise war, dass er mein von Würmern zerfressenes Meerschweinchen erlöste. Empathisch und energisch zog er ihm zur Erlösung ein Holzscheit über den kleinen wuscheligen Kopf. Adieu, Mucki!

Tief ins Mark traf es mich, als meine Oma Margarete kurz darauf starb, Konrads Frau und meine Ersatzmama. Mein Zuhause, mein Wohlbefinden, meine Geborgenheit. Wie gut, dass ich mich schon lange auf diesen Tag vorbereitet und bis dahin einige Übungsfälle absolviert hatte. Wie gut, dass sie schon uralt war und zeitweise dement.

Aber sie konnte noch immer richtig witzig sein. Erzählte mir Geschichten, dass sie zum Beispiel am Morgen beim Arzt gewesen war. „Wirklich?", fragte ich dann einigermaßen überrascht. „Nein", sagte sie nach kurzem Zögern schmunzelnd. „Aber was soll ich dir denn sonst erzählen? Hier passiert doch nichts!", schob sie empört hinterher. Als sie mir erzählte, dass ihre Zimmergenossin im Altenheim sie schlug und daher die blauen Flecken an ihren Armen rührten, dachte ich: „Wieder so eine Geschichte." Erst nach ihrem Tod erfuhr ich, dass es stimmte.

Nur eine Sache – das darf ich hier Ihnen gegenüber frei und ehrlich gestehen – eine Sache kann ich ihr nicht verzeihen: Dass sie mich als Kind überredete, meinen geliebten Kuschelteddy zu verbrennen. Nun gut, er stank erbärmlich. Aber hätte sie es denn nicht erst mal mit Waschen versuchen können? Mit Wegwerfen? Sicher bereute sie es später, wahrscheinlich schon an jenem Abend, als ich ins Bett gehen sollte und untröstlich in einen Weinkrampf verfiel, aus dem mir nur meine Cousine Annette heraushelfen konnte, indem sie mir ihr Äffchen namens Judy für eine Nacht lieh.

Ich frage mich, wie sie in dieser Nacht eingeschlafen ist.

Entschlafen ist sie später, mit gerade mal siebenundzwanzig Jahren. Ich war zwei Jahre jünger und konnte es nicht fassen. Gerade hatte sie eine Lehre als Kosmetikerin angefangen. Auf dem Weg zur Arbeit fuhr sie gegen einen Baum. Sie hatte schon einige Male versucht, sich umzubringen. Als Kind war sie eine Draufgängerin. Zusammen trieben wir die wildesten Dinge, kletterten auf die höchsten Bäume – na ja, sie kletterte, ich wartete unten auf sie. Sie hatte keine Angst, nicht vor der Höhe, nicht vor Hunden, nicht vor fremden Menschen. Irgendwann aber muss die Angst sie eingeholt, von ihr Besitz ergriffen und nicht mehr losgelassen haben. Von der Bulemie schlitterte sie in die Tablettensucht.

Heute kann ich es gut, fast zu gut. Schließlich ist der Tod ein Tabu. Nett über ihn sprechen, das macht man nicht – obwohl er zum Leben gehört wie Brotkrusten und Kloschüsseln.

Und so sage ich Adieu – nicht Auf Wiedersehen – und verbleibe hochachtungsvoll

Ihre Abschiednehmerin

Das Leben der
Rose

War sie eigentlich gutaussehend? Sie wusste es nicht. Am Ende war sie vielleicht sogar hässlich! Sie inspizierte sich im Spiegel über dem Waschbecken, zog den Bauch ein, was gar nicht nötig war, denn er war winzig. Ihre Figur war tipptopp, da war sie sich sicher. Relativ sicher. Kleidergröße 36. Weniger ging ja kaum. Dafür musste sie nichts machen. Weder Sport noch Diät. Das war einfach so. Das war gut. Aber der Rest? Mit der linken Hand zupfte sie die Haare nach vorne. An den Pagenkopf würde sie sich gewöhnen müssen.

„Das steht Ihnen bestimmt!", war die Frisörin überzeugt.

Sabine war das nicht. Aber sie hatte keine Ahnung, was sie sonst hätte machen sollen mit ihren aalglatten Strähnen, die sich einst mitteleuropäisch Aschblond gaben und neuerdings – es musste im Laufe des vergangenen Jahres passiert sein – hinüber ins Mausgrau changierten.

Die Frisörin stand hinter ihr und blickte prüfend über Sabines Schulter, zog rechts an den Spitzen, strich links über den Scheitel und ordnete plötzlich und überraschend scharf an:

„Braun. Mit leichtem Mahagoni-Glanz."

Ihr zu widersprechen, wagte Sabine nicht, war die Expertin für Haargestaltung längst unterwegs nach hinten, um Tuben in Schalen zu drücken und mit Pinseln zu verrühren. Sabine beschloss ihr zu vertrauen – vor allem in Ermangelung einer eigenen realistischen Einschätzung der Lage.

Nun musste sie also mit der roten Pagenfrisur klarkommen. Ändern konnte sie jetzt nichts mehr. Schließlich war sie heute mit Willi verabredet. Das war nicht mehr zu verschieben, sie hatte ja keine Telefonnummer von ihm.

Zwanzig vor drei. Sabine ging zurück in den Gastraum und setzte sich an ihren runden Bistro-Tisch, direkt neben der Kuchenvitrine.

Die pinkfarbene Bluse hatte sie nach dem Frisörbesuch gestern verworfen. Ein Hingucker wäre sie damit zwar gewesen, jedoch eher wie eine Art Warnsignal, das auf giftige Inhaltsstoffe hinweist. Und sie wollte Willi auf keinen Fall verschrecken, gleich beim ersten Treffen.

„Tach!", grüßte die Kellnerin und reichte ungefragt eine Speisekarte, bevor sie auf dem Absatz umdrehte und durch eine Schwingtür Richtung Küche verschwand.

Willi. Ein Name wie aus einem vergangenen Jahrhundert. Sabine kicherte. Ob er auch so aussehen würde? Beschrieben hatte er sich als gutaussehend. Natürlich. Das hatte sie auch. Mit 52 war Willi etwas älter als sie. Das störte sie nicht. Kinder wollte sie sowieso keine.

Die Kellnerin stand mit gezücktem Block und Kugelschreiber vor ihr. „Was darf ich bringen?" Sie warf ihre langen blonden Haare zurück. Ihre Freundlichkeit wurde von dem desinteressierten Tonfall ihrer Stimme als aufgesetzt entlarvt.

„Einen Cappuccino, bitte." Sie musste ungefähr ihr Alter haben, Anfang 40. Sie könnten Freundinnen sein.

Freundinnen. Ihr Vater war ihr immer in den Ohren gelegen, sie solle mal ausgehen, sich mit Freundinnen treffen. Welche Freundinnen? Sie hatte keine. Keine einzige. Vielleicht hatte sie in der Schule zu oft gefehlt? Ihr ständiges Kranksein war ihren Mitschülern vermutlich suspekt. Und die Kleider, die ihr der Vater nach bestem Wissen und Gewissen aussuchte, machten die Sache nicht besser, manifestierten sie doch ihre Andersartigkeit auch noch optisch. Zwischen all den rosigen Prinzessinnen wirkte Sabine wie eine Außerirdische.

Während der Studienzeit wurde es angenehmer. An der Universität fanden sich überraschenderweise weitere „Aliens" ein. Doch Sabine hatte sich an die Rolle der Schüchternen gewöhnt, hatte es sich in ihrer Einsamkeit eingerichtet. Sie wollte den Vater nicht alleine lassen.

„Bitte sehr." Die Blondine stellte ihr eine Tasse vor die Nase. „Darf's noch etwas sein?" Sabine schüttelte stumm den Kopf und die Kellnerin schob beleidigt ab.

Heute Morgen hatte Sabine sich schließlich für ein dunkelblaues Kleid mit weißen Tupfen entschieden. Es sah brav und keck zugleich aus. Das gefiel ihr.

Sich heute Nachmittag im Café am Marktplatz zu treffen war ihr Vorschlag gewesen. Sie wusste wenig von Willi. Nur, dass er selbstständig arbeitet, als Freiberufler. Er vermittle „Dienstleistungen jeder Art" hatte er ihr in einer Mail geschrieben. Genaueres schrieb er nicht. Neben seinem Alter waren das nicht gerade viele Informationen. Und eigentlich hätte ihr das nicht ausgereicht, um sich mit ihm zu treffen. Wäre da nicht seine große Offenheit in Bezug auf seine

Krebserkrankung gewesen. Damit hatte er sie berührt. Nach einer Bestrahlung hatte er diverse Chemotherapien durchlaufen und vor Kurzem „den Krebs besiegt", wie er betonte.

Dass das leichter gesagt, als getan war, wusste Sabine. Ihr Vater hatte auch gekämpft. Seine angefallene Bauchspeicheldrüse war erst spät diagnostiziert worden. Zu spät für den Vater. Nach einem Monat fast täglicher Bestrahlung brach er zusammen. Er legte sich in sein Bett, um zu sterben. Aber so schnell stirbt man nicht. Auch das hatte Sabine gelernt. Sie hatte ihn begleitet und diese Zeit hatte sich wie ein Schleier auf ihr Gemüt gelegt, der sich auf jegliche Freude direkt im Augenblick ihres Entstehens legte und sie verdeckte.

Die Kellnerin balancierte, das Kinn in die Höhe gereckt, ein volles Tablett über die Tische hinweg. Sie bewegte sich wie eine träge Katze, die nur widerwillig ihren Platz am Kamin verlassen hatte, um den Mäusen zu zeigen, wer die Herrin im Haus war.

Sie stolzierte vorbei, ohne Sabine auch nur eines Blickes zu würdigen.

Sabines Magen knurrte. Vielleicht würde sie doch etwas essen, eine Kleinigkeit. Es war ja erst Viertel vor drei. Ihre Finger klebten an der Tischplatte fest. Ihr war heiß.

Schnell nahm sie die Rose – sie war rot, was kitschig war, aber irgendwie auch romantisch – vom Tisch und legte sie auf dem Stuhl neben sich unter ihre Jacke. Sie würde Willi ja an seiner Blume erkennen.

Das Internet war die Domäne des Vaters gewesen. Er war täglich darin unterwegs. Als Sabine nach seinem Tod, zu dem er sich nach vielen lang gestreckten Wochen hinüberretten konnte, die Essensvorräte zur Neige gingen, loggte sie sich erstmals ein. „Sky Food", „Pizza im Netz", „Der Online-Wok". Sie lieferten alles – italienisch, indisch und amerikanisch, vom Burger über Tacos bis hin zum Curry – einmal um den

Erdball und zurück.

Sabine eröffneten sich neue Welten. Stiefeletten, Sommerkleider, Jeans-Hosen, Seiden-Blusen, Handtaschen, ja, sogar die Wohnung konnte man sich neu möblieren, ohne auch nur einen Fuß vor die Haustür zu setzen! Und das Beste daran: Man konnte alles wieder zurückschicken.

Trotzdem wurde ihr das Geld bald knapp. Sie brauchte einen Job. Es blieb ihr nichts Anderes übrig, der Vater hatte sein kleines Vermögen in den letzten Wochen und Monaten für die Hoffnung ausgegeben – von Schüßler-Salzen über Kinesiologie bis elektromagnetischer Sonstwas-Therapie. Sabine bewarb sich als Sekretärin in ihrer alten Grundschule. Sie hatte früher gerne in diesem Beruf gearbeitet. Warum hatte sie ihn aufgeben?

Beim dritten Passieren gelang es ihr, der Servierdame „Eine Spargelcremesuppe, bitte!" zuzurufen.

Sie dachte darüber nach, was Willi in seiner vorletzten Mail geschrieben hatte. Er war eine Zeitlang im Ausland gewesen, doch schrieb er nicht, wo. Er berichtete, dass dort „andere, rauere Regeln und Sitten" herrschten und man nur vermeintlich die gleiche Sprache sprach. Eine beklemmende Enge und festgezurrte Tagesabläufe kennzeichneten seine Beschreibungen, was ihr einen Schauer über den Rücken jagten. Wer begab sich freiwillig in solch einen Urlaub?

Am Nachbartisch lachte eine Brünette schrill und warf in beängstigender Erheiterung den Kopf in den Nacken. Der grau melierte Mann, an den sie sich schmiegte, war bestimmt doppelt so alt wie sie.

Sabine schob die Jacke zur Seite und blickte auf die gequetschte Rose. Sie strich sich die Haare aus dem Gesicht. Unentschlossen starrte sie zum Eingang, durch den sich ein Mann im schwarzen Anzug und weißen Hemd mit dünner schwarzer Krawatte schob. Trotz eines Bauchansatzes sah man, dass er früher viel Sport getrieben haben muss, er wirkte auch jetzt noch gut trainiert. Die lichten braunen Haare trug er kurz. Er blickte sich suchend um.

Die Suppe, die ihr die Kellnerin vor die Nase stellte, schob sie zur Seite.

Der Mann ging an ihr vorbei und verschwand in der Herrentoilette.

Sabine atmete tief ein und wieder aus. Mit zitternden Händen angelte sie nach der Rose und legte sie sachte vor sich auf dem Tisch.

Ein Lächeln hob ihre Mundwinkel. Hungrig begann sie, die Spargelcremesuppe zu löffeln.

Volltreffer

Tatsächlich hat sie die Beamten erwartet.

„Moin!" Sie lächelt die zwei Männer an. „Was kann ich für Sie tun?", fragt Rose Kohl, während sie sich eine Haarsträhne hinters Ohr streift.

„Sie hatten uns angerufen", erinnert einer der beiden Polizisten sie. „Es ging um ihren Mann." Seine eisblauen Augen fixieren sie. Er ist stämmig, wirkt robust, hemdsärmelig irgendwie.

„Ach, ja, richtig! Kommen Sie herein." Sie öffnet die Haustür weit und schlurft durch einen schmalen Flur bis an dessen Ende.

„Ich bin gerade beim Kochen", erklärt sie, über die Schulter hinweg.

Sie mag Anfang, höchstens Mitte sechzig sein, trägt ihre schlohweißen Haare in einem losen Dutt im Nacken. Der war am Morgen fest gezurrt am Hinterkopf fixiert gewesen, hat sich aber im Laufe des Tages immer weiter gelockert und eine gewisse Freiheit erkämpft.

Die Polizisten – sie heißen Arno Müller und Thomas Schwarz – folgen der älteren Dame in die winzige Küche, die von einem eigentümlichen Geruch durchzogen wird. Kohl, ganz eindeutig.

„Was gibt es denn Schönes?", fragt Schwarz schnuppernd und mit aufkommendem Kinnwasser kämpfend.

Man sieht es diesem schlaksigen jungen Mann nicht an: Er isst für sein Leben gern. Gekochtes aller Art. Doch Kohl mag er seit jeher am liebsten.

„Weißkohl mit Gulasch."

Schwarz schluckt. „Lecker."

Der Tisch ist gedeckt. Für zwei Personen.

„Wollen Sie mitessen?"

„I wo", winkt Müller ab. „Wir sind ja wegen Ihrem Mann hier."

„Ja, richtig", nickt sie. „Also, es ist so: Er ist verschwunden. Seit gestern Mittag habe ich ihn nicht mehr gesehen." Gedankenverloren rührt sie im Kochtopf. „Ich habe ihn zum Einkaufen geschickt. Brauchte Paprikaschoten fürs Gulasch. Es geht auch ohne, aber mit schmeckt es besser", richtet sie sich an Schwarz, der wissend nickt und erneut schluckt.

„Und dann? Kam er nicht zurück?" hakt Müller nach.

„Genau."

„Und wunderten Sie sich nicht?"

„Ja. Doch. Sicher!"

„Und riefen uns erst heute Morgen an?"

„Na, ich dachte, der wird schon noch kommen – wo soll er denn auch hin?"

„Aber er kam nicht."

„Genau."

„Und dann riefen sie heute Morgen bei uns an."

„Richtig."

„Haben Sie eine Idee, wo Ihr Mann sein könnte?"

„Gar keine."

„Hmm."

„Genau."

Den Herd hat Frau Kohl derweil ausgestellt, die Fleischsoße in eine Vielzahl von Dosen verteilt, die sie zum Abkühlen auf der Anrichte drapiert.

„Dürfen wir uns mal hier im Haus umschauen?", fragt Müller forsch, während er die Küche verlässt. Schwarz folgt ihm ins Wohnzimmer und blickt sich suchend um. Seine braunen Augen tasten sanft – so als wollten sie nur ja nichts kaputt machen – die Wohnungswände ab.

Frau Kohl nickt. Sie ist ganz ruhig, während sie den Beamten folgt.

Na ja, gut, gestern Vormittag, da war sie noch aufgewühlt gewesen, oh ja, war ganz und gar aus dem Häuschen wegen ihres Mannes und seines … – nun ja, „Verschwindens". War erregt und erhitzt wie das Kohlgulasch jetzt.

Der Hellmuth. Was machte er nur wieder für Sachen? Eigentlich war auf ihn immer Verlass gewesen. Hat gearbeitet wie ein Tier, all die Jahre hindurch. War sparsam. Er hatte ihr Geld zusammengehalten. Sonst hätten sie das mit dem Hausbau nicht geschafft. Ein guter Mann, ein fleißiger Mann war er.

Müller nimmt ein gerahmtes Foto von der Kommode. Ein Brautpaar strahlt ihn an.

„Haben Sie Kinder?" Er mustert die Alte von der Seite.
Sie schüttelt den Kopf, lässt ihn stehen und geht erneut in die Küche, rührt das Gulasch um und kommt zurück.

Dass es mit den Kindern nicht geklappt hatte, dafür konnte Hellmuth nichts. Wahrscheinlich zumindest. Sie wusste es nicht genau. Traurig war sie deswegen schon hin und wieder gewesen. Vor allem wenn sie die anderen Omas mit ihren Enkeln sah, wie sie in den Vorgärten zusammen lachten.

Schwarz nimmt ein Buch nach dem anderen aus dem Regal und stellte eins nach dem anderen zurück. Das stört sie nicht. Es sind Hellmuths Bücher. Sie staubt sie einmal in der Woche ab.

Wenn sie ehrlich war, hätte sie für Kinder sowieso nie Zeit gehabt. Das Backsteinhaus war zwar nicht groß, zweistöckig nur, doch musste es täglich geputzt werden. Hellmuth war sehr empfindlich. Die weißen Fensterrahmen. Die Armaturen. Die Abstellkammer sortiert. Der Keller geordnet. Der Balkon gefegt. Der Balkon! Den hätte sie fast vergessen.

„Dürfen wir?" Müller deutet nach oben und folgt im gleichen Atemzug der Richtung seiner Fingerspitze, die Treppe hinaufsteigend.

Schnell – für ihr Alter ungemein flink – folgt Rose Kohl den Polizisten in den ersten Stock und tritt hinter ihnen auf den Steinbalkon, unter dem sich der Garten erstreckt. Hellmuths Reich.

„Schön haben Sie es hier!", lobt Müller anerkennend die Aussicht. Schwarz streicht mit dem Finger über die Balustrade. Ein wenig Kohl hat sich hierher verirrt. Gedankenverloren zerreibt er die Gemüsereste zwischen den Fingern. Frau Kohl zieht ein Tuch aus der Schürzentasche und wischt behände um ihn herum.

Seit er pensioniert war, verbrachte Hellmuth jeden Tag im Garten. Zog Tomaten hoch und Erbsen. Pflückte Zucchini zum Einkochen. Und natürlich Kohl. In allen Varianten: weiß und rot, Blumen- und Rosenkohl, auch Wirsing säte er in seinem selbst gebauten Gewächshaus aus. Das war sein Terrain, das selbst Rose nur begrenzt betreten durfte. Da war er sehr penibel. Vorgestern war er beispielsweise in die Luft gegangen, als er feststellte, dass sie – ohne ihn vorher gefragt zu haben – einen Weißkohl geerntet hatte. Er schnaubte vor Wut! Sie wusste gar nicht wie ihr geschah. Wie ein wilder Stier tänzelte er um sie herum und jagte sie schließlich unter Beschimpfungen – die sie auf keinen Fall je wiederholen würde – aus „seinem" Garten.

„Und das Schlafzimmer?", fragt Müller.

Aus purem Trotz holte sie sich daher gestern noch einen Kohlkopf – erneut ohne Erlaubnis – und deponierte ihn neben dem ersten auf dem Balkon. Es war draußen noch kalt genug, dachte sie. Tatsächlich war es sogar zu kalt. Nachts brach der Frost herein und so waren die Köpfe wie tiefgefroren, als sie sie gestern zum Kochen hereinholen wollte. Ob sie überhaupt noch schmecken würden?

Wie klein Hellmuth von oben ausgesehen hatte. Wie ein kleines Spielzeugmännchen. Er inspizierte gerade die Zweige der Obstbäume. Wollte er sie beschneiden? Sie wusste es nicht. Es war ihr egal. Egal geworden, im Laufe der Jahre.

„Wo ist denn Ihr Schlafzimmer", wiederholt Müller nun, ungeduldig von einem Fuß auf den anderen tretend.

Hellmuth, er war ihr Retter gewesen, ihr Held in glänzender Rüstung. Als sie ihn kennenlernte, nach dem Krieg, wirkte er wie eine Verheißung auf sie. Rose wollte raus. Raus aus der Enge des Elternhauses. In räumlicher wie in geistiger Hinsicht. Hellmuth kam mit einem Motorrad angefahren. Er kam aus Süddeutschland. Hatte keine Eltern, er war eine Waise. Ungebunden. Wirkte beweglich. Mit ihm würde man die Enge hinter sich lassen können, die Grenzen sprengen oder doch wenigstens ein wenig lockern. Stark war er und groß. Wie gern sie sich in seinen Arm schmiegte, wenn sie zusammen durch das Städtchen wandelten.

Müller rüttelt an ihrer Schulter. Sie blickt auf.

„Zeigen Sie uns auch noch Ihr Schlafzimmer?", fragt er.
„Natürlich." Die Betten sind zum Glück gemacht.

„Rose!", rief es von unten. „Rose, verdammt noch mal, hast du schon wieder zwischen den Kohlköpfen gewütet?" Hellmuth drehte ärgerlich den Kopf und lief dabei puterrot an. Das war gestern gewesen. Im Garten unten schimpfte Hellmuth vor sich hin. Über was? Sie wusste es nicht. Auch das war ihr egal geworden.

Was dieser Mann für eine Wut in sich trug, davon hatte sie keine Ahnung gehabt. Woher kam nur all dieser Zorn?

Wenn sie nun zusammen durch das Dorf liefen, hielt sein haariger Arm ihre schmalen Schultern wie ein Schraubstock umklammert. Seine Muskeln spannten sich bis in die Fingerspitzen. Der Brustkorb schnürte sich ihr zu. Luft, sie wollte nur etwas Luft. Diese Enge. Rose öffnete ihre Bluse oben. Hellmuth blieb stehen, zupfte ihr einen Fusel von der Jacke, rückte ihr den Blusenkragen zurecht.

Neuerdings passte ihm einfach gar nichts mehr. Die Gläser glänzten nicht genug und das Tafelsilber war fleckig, im Wohnzimmer sah er Staubwolken auf und unter der Glasvitrine. In der Toilettenschüssel beanstandete er Urinstein und im Kühlschrank entdeckte er angeblich Schimmel.

Das wäre vielleicht alles noch zu ertragen gewesen. Doch dann schmeckte ihm von einem Tag auf den anderen ihr Essen nicht mehr. Die Klüten waren zu süß, die Fliederbeersuppe zu klumpig, den Mehlbeutel fehlte es an Speck und die Rote Grütze war zu sauer. Was Rose auch kochte, Hellmuth meckerte. Ob Krabbenfrikadellen, Rübenmus oder Kohlsuppe – mit nichts konnte sie ihn mehr zufriedenstellen. Sein Gemecker kannte kein Ende, war endlos geworden.

Kochen, das muss man wissen, kochen war Frau Kohls Leidenschaft. Sie kochte mit Inbrunst und freute sich am Lob, mit dem sie stets dafür überhäuft wurde. Von Bekannten, früher, von der Familie, von den Nachbarn. Ja, sie konnte kochen – und wie.
Letzte Woche war er wütend geworden, weil sie das Wohnzimmer nicht perfekt poliert hatte. Dann hatte er sich aufgeregt, weil die Duschkabine nicht entkalkt war. Und zum Schluss waren ihm seine Hemden nicht korrekt gebügelt. Da zuckte Rose mit den Schultern und ließ ihn stehen.

Sie würde kochen. Sie ging hoch auf den Balkon. Sie holte einen Weißkohl.

Nach monatelanger Kritik war Frau Kohl zermürbt. Und als sie da oben stand, auf dem Balkon, weit über ihrem kleinen Mann, der nur mehr aussah wie eine Miniaturausgabe seiner selbst und gar nicht wie ein Retter in der Not. Der vor sich hin schimpfte wie ein Rohrspatz, über was auch immer – sie konnte es nicht verstehen –, da schien es plötzlich so leicht.

Der Weißkohl hatte beträchtliche Ausmaße. Na, sicher, ihr Mann verstand etwas vom Gärtnern, keine Frage. Ein riesiges Ding. Gefroren. Nicht leicht für die feingliedrige Frau, den Kohlkopf anzuheben. Würde sie es schaffen? Sie hob den Kohlkopf hoch und höher, bis fast über das Geländer. Da näherte sich Hellmuth, kam unter den Balkon. Sicher wollte er seine Harke holen, die an der Hauswand lehnte. Sie ließ los. Einfach so.

Volltreffer.
Was hatte sie getan?
Es war leicht gewesen.
Warum hatte sie das getan?
Kinderleicht.

Müller hebt das Daunenbett an und entblättert einen Schlafanzug darunter. Schwarz schiebt die Kleiderbügel im Schrank hin und her. Er weiß nicht so recht, wonach er suchen soll.

Rose Kohl könnte schreien vor Anspannung. Doch sie tut es nicht. Sie bleibt ruhig. Ganz erstaunlich ruhig. Äußerlich zumindest. Heute so wie gestern.

So früh am Morgen waren die Nachbarn noch in ihren Betten. Rose wusste zwar nicht recht, was zu tun war. Wohl aber wusste sie, dass Hellmuth nicht einfach dort unten liegen bleiben konnte. Also hievte sie seinen schlaffen Körper in die Schubkarre und schob ihn über den Kiesweg nach hinten, hinein ins Gewächshaus und schloss rasch die Tür. Zwischen seinen geliebten Gemüsestauden war er erstmal sicher. Endlich war er weg.

Sie hob den Kohlkopf auf, holte den zweiten vom Balkon und fing an zu kochen. Kohlgulasch sollte es werden.

Mittlerweile sind die Beamten die Treppen hinuntergestiegen, Rose hinter ihnen.

„Wir nehmen jetzt mal Ihre Personalien auf und Sie geben uns ein Foto von Ihrem Mann und dann schauen wir mal. Das wäre doch gelacht, was?" Müller klopft ihr beruhigend auf die Schulter, obwohl sie gar nicht beunruhigt scheint. Im Gegenteil: Frau Kohl ist die Ruhe selbst, wie sie routiniert das Kohlgulasch abschmeckt und sich die Hände an der Kittelschürze abwischt, bevor sie den Herren die Hand reicht.

„Ohne Paprika ist es nicht dasselbe", seufzt sie, während sie zwei Portionen Gulasch in Plastikdosen füllt. Sie drückt den verdutzten Polizisten jedem eines in die Hand und bugsiert die beiden Richtung Haustür.

„Wir melden uns bei Ihnen, wenn wir mehr wissen", sagt Müller noch. Schwarz sieht man an, dass er nur noch an den Verzehr der Speise in seiner Hand denken kann. Er hat dummerweise kein Besteck dabei. Oder doch … im Kofferraum vielleicht, vom letzten Zelten mit den Kollegen?

„Ja, danke, das ist sehr freundlich von Ihnen", ruft Frau Kohl.

„Vielen lieben Dank!" schallt es noch hinter der sich schließenden Tür, vor der Schwarz und Müller nun wieder stehen, bewaffnet mit Frischhaltedosen.

„Tja … Also … Das war komisch, oder nicht? Findest du nicht auch?" Müller runzelt die Stirn, als wolle er nach dem Sinn des Ganzen suchen.

„Ja, nicht? Warum konnten wir nicht gleich bei ihr mitessen?" Schwarz öffnet das Döschen an einer Ecke, schnüffelt und schlürft etwas von der Soße ab.

„Herrje, kannst du immer nur an das Eine denken, sag mal?" regt Müller sich auf. „Wo frisst du das denn nur alles hin, möchte ich mal wissen!"

Doch Schwarz durchsucht schon den Autokofferraum. Strahlend taucht er unter dem Deckel auf, siegesgewiss einen alten Plastiklöffel schwenkend, der nicht nur auf den ersten Blick sehr unhygienisch wirkt. Das ist Schwarz herzlich egal, er löffelt bereits munter und glücklich das Kohlgulasch in sich hinein.

„Kleckern verboten", raunt Müller und fährt los.

Am Fenster winkt Rose Kohl den Beamten nach.

Erst als die beiden längst nicht mehr zu sehen sind, schreitet sie zielstrebig in den Garten, schnappt sich im Geräteschuppen einen Spaten und stapft pfeifend gen Gewächshaus, aus dem sie erst ein paar Stunden später wieder heraus tritt, mit schmutzigen Händen und verschmiertem Gesicht.

Wenn man genau hingesehen hätte – wenn jemand da gewesen wäre –, dann hätte dieser Jemand den Ansatz eines Lächelns in den Falten um ihre Augen erahnen können.

Frau Kohl aber ist allein. Niemand sieht, wie sie den Spaten in der Regentonne wäscht. Ebenso unbemerkt bleibt, wie sie tanzt, über alle Beete hinweg, bis hin zum Gewächshaus und wieder zurück.